우리동네사람들 문학선 013

사월의 봄

김학성 시집

우리동네사람들

우리동네사람들 문학선 013

사월의 봄

2022년 01월 05일 인쇄
2022년 01월 17일 발행

지은이 김학성
펴낸이 한민규
펴낸곳 우리동네사람들
등록번호 제 2000-000002 호
주소 경기도 오산시 성호대로 89번길, 206호
전화 1577-5433
메일 woori1577@hanmail.net
홈페이지 www.woori1577.com

ISBN 979-11-971661-7-4

사월의 봄

김학성 시집

■ 서문

자아 상실을 극복한 현실 인식

조 석 구
문학평론가 · 문학박사

김학성 시인이 시집 『사월의 봄』을 상재한다. 우선 시집 출간을 진심으로 축하드린다.

시집은 제1부 욕망의 이름으로 20수, 제2부 봄처녀 21수, 제3부 산골 24수, 제4부 아버지에 대한 사부곡(思父曲) 8수, 제5부 어머니에 대한 사모곡(思母曲) 10수, 총 83수로 짜여져 있다.

김학성 시인의 시는 생활시다. 자기 반성문이며 참회록이다. 고독한 인간의 영혼과의 대화이며 위안이며 치유다. 날마다 기록되는 명상으로 하느님께 바치는 일종의 기도다.

그는 한이 많은 사람이다. 그래서 그런지 눈물도 많다.

한은 소망이고 기다림이고 몸부림이다. 한은 우리가 삶을 영위하는데 의미가 되고 힘이 되어 타오르는 불기둥이 된다.

그는 불원천(不怨天) 불우인(不尤人)으로 시대와 사회가 내 뜻대로 되지 않아도 하늘을 원망하거나 남을 탓하지 않는다.

시 쓰기는 먼저 자기 구원에서부터 시작되어야 한다. 적어도 시를 쓰는 사람은 그의 시창작이 그 사람의 삶의 전부를 지배하여 스스로 삶의 의미를 발견하고 가치를 부여함으로써 정신의 구원, 영혼의 구원을 얻는다.

시인의 길은 인간에의 길이다.

시인은 부끄러움을 아는 사람이고, 뉘우칠 줄 아는 사람이고, 괴로워할 줄 아는 사람이고, 사랑할 줄 아는 사람이고, 끊임없이 용서하며 운명을 사랑하는 사람이고, 따뜻함이 있는 서정을 느끼는 사람이다.

김학성 시인은 오산문인협회 회원으로 문학에 대한 열정(Passion)이 대단하다. 일찍이 공자는 논어에서 아는 것은 좋아하는 것만 못하고 좋아하는 것은 즐기는 것만 못하다고 하였다. 열정은 자질이기 때문이다. 그의 시세계를 알 수 있는 단시(短詩) 하나를 살펴보기로 한다.

붉은 사월은

신들린 악령처럼

소름 돋히도록

희열과

전율의

꽃이어라

「사월의 봄」 전문

총 28자로 구성된 시다. 엘리어트는 그의 장시 「황무지」에서 사월은 가장 잔인한 달이라고 하였다. 시적화자는 사월은 악령처럼 온 세상에 꽃을 뿌리며 온다고 하였다. 사월을 붉은 사월이라고 하였다. 붉은 색 이미지는 용기와 도전으로 아픔과 환희를 함께 지니고 있는 메타포이다. 작고 연약한 씨앗이 겨울 단단한 땅을 뚫고 나오는 아픔과 환희를 일러준다.

시적화자에게 겨울은 너무 길었다. 그러나 그는 그 겨울을 잘도 견디며 살아 왔다. 이제 봄이고 싶다. 복사꽃 지천으로 피는 봄이고 싶다. 겨울이 없으면 봄이 없다. 겨울의 추위를 견딘 자만이 봄을 기다릴 자격이 있다.

한 편의 시가 언어미를 획득하지 못하면 존재성을 획득할 수가 없다. 좋은 시는 핵, 알맹이가 들어 있는 시, 한 편의 시 안에 한 세계 하나의 우주가 들어 있는 시 이런 시는 존재성을 획득한 시이다.

시는 아름다운 것이다.

시는 따뜻한 것이다.
시는 거룩한 것이다.

인용된 「사월의 봄」은 어둠을 뚫고 한을 극복한 생의 환희로 독자들에게 꿈과 희망을 심어준다. 매슈 아널드는 시는 종교는 아니지만 종교를 대신할 수 있다고 하였다.

인생이란 무엇인가. 안개 낀 길이다. 끝없는 막연한 그리움과 두려움이 함께 섞인 수수께끼이다. 그러므로 시는 현실에 대한 절망과 삶에 대한 갈등에서 출발한다. 이런 점에서 시는 근본직으로 부성 정신의 소산이라고 할 수 있다. 그러나 부정에 대한 부정이기 때문에 오히려 강한 긍정과 화해를 지향하게 된다.

고통받고 괴로움 받는 사람은 아름답다. 고통스러운 것은 저마다 빛을 뿜어내기 때문이다. 행복과 기쁨이 충만하다면 시가 필요 없다. 불행, 고독, 결핍감 등 고통의 극복을 위해 시는 필요하다. 상처받은 영혼을 치료하기 위하여 시는 존재한다.

글을 쓰다 보니 서문이 너무 장황하게 길어졌다.
시집 『사월의 봄』은 그간의 작업을 총 정리하는 의미 있는 시집이 될 것이다. 그는 새로운 변신을 꿈꾸고 있다. 새

지평을 열기 위하여 새로운 변신으로 확산될 그의 시세계를 기대해 본다.

시는 그 시대의 살아있는 영혼이니까.

2022년 01월

■ 시인의 말

삭힌 아픔으로 새로운 길을 열며

코로나로 인해 나라 안팎이 어수선한 가운데 또 한 해가 저물었습니다. 산다는 것이 점점 팍팍해져서 하루하루가 힘들어지는 사람들이 많습니다. 문학의 길을 쉬임없이 걸어오면서 누군가에게 작은 위로라도 나눠주고 싶었습니다. 2007년 『작은 세상의 벗들에게』, 2009년 『동탄의 덕수 이야기』를 출간한 후 12년 만에 산문 시집 『4월의 봄』을 발표하게 되었습니다.

살아오면서 느꼈던 일상의 사연마다 격정적인 때가 많았으며, 때로는 시린 가슴을 보듬고 숨을 고르던 시기였습니다. 자의식 속에서 잠을 자고 있었던 인식과 삶의 굴곡 앞에 선 터널을 터덜터덜 걸어온 시간들이 때로는 아픔으로 여물어 상흔을 키워오기도 했습니다. 경험이 신념을 만들며 굳어버린 아픔을 치유하려는 노력들이 하나둘 생명을 얻어 시집이라는 이름을 얻게 되었습니다. 이를 통하여 사고를 싹틔운 일상의 카타르시스가 제 삶의 어두움을 걷어내고 새롭게 만들어 주었음을 스스로 자족합니다.

제 글은 무엇보다 감춤이 없는 자신감으로 글을 써서 보여주었다는 점입니다. 용기가 가상하다고 본인에게 진솔하게 살라고 암시를 주었습니다. 표현의 자유를 전제로 상처 그리고 치유, 고정관념에서 탈출시킨 희망, 기억 속에서 숨 쉬고 있던 삶이 날개를 달고 한 권의 책으로 탄생되었음을 자족합니다. 앞으로 더욱더 커다란 날개로 자랄 수만 있다면 글을 쓰는 일에 끊임없이 정진 할 것이라 믿어 봅니다.

오산의 지성 조석구 박사님의 서문과 오산 문협의 산증인 성백원 전 회장님의 발문에 무한한 감사를 전합니다. 우리 동네 한민규 사장님에게도 깊은 고마움을 전합니다.

2022년 01월 오산천을 거닐며

김학성

차례

제2부 봄처녀

제3부 산골

제4부 아버지

제5부 어머니

제1부

욕망의 이름으로

욕망

슬프구나

아프구나

더럽구나

무수한 욕심을 다 채우지 못하고

이렇게 이렇게 인생을 허비해야하니

소유하고 싶었던 갈망

내 것으로 만들고 싶었던 야심

거드름을 피우며 갖고 싶었던 모든 욕심나는 것

그러나 그것은 내가 지닌 능력의 한계에 피곤해야 했어

난 죽을 때까지 이 세상 속속들이

욕심나는 것을 버리지 못할 것 같아

욕심을 다 채우지 못하고 죽는 것은 허무해

더러운 인생이야

그러나 난 안다

그래 주어진 내 작은 그릇

그리고

당신들은 이해 못할 나와의

어리석음과의 처절한 인생 한 판이었던 것을

난 안다
어느 시인이 말했듯이
세상은 욕심나는 것을 그냥 절대 주지 않는다는 것을
난 안다

오월의 방황

봄이 오면
장항선을 타고
열차 창밖 오월의 풍경을 응시했어요
입을 무겁게 다물고
나를 찾아 발길을 오월에 맡겼어요
진지하게 인생을 질문하던 때가 있었어요
봄은 춘몽처럼 짧았지만
꿈은 무한하게 희망을 던져주고 갔어요
봄비 내린
오늘
벚꽃 떨어진 쓸쓸함
오월에 만개하는 꽃
기다려 보겠어요

어제 꿈 속에서

난 그녀에게 팔을 뻗어 어깨를 둘렀다

그리고

어린 아이처럼 애교를 띤 음성으로

너와 집으로 가는 길이

이렇게 좋을 수 없어

행복해

내가 널 사랑해도 되니

지금부터

아니

내가 널 짝사랑했던 것을 아니

아주 오래전부터

- 몰랐어

그녀는 그렇게 대답했지만

나의 눈빛에 자신을 사랑하는 마음을 읽은 듯했다

얼마나 좋은지 몰라

너에게

이런 사랑 고백을 하고 있는 나 자신이

그런 그녀는 할 말을 못하고

어깨를 둘러맨 팔을 뿌리치지 않았다
그리고 집 앞까지 걸어갔다
꿈에서 깨자
난 마음이 편해지는 것을 알았다
그리고 조금 지끈지끈 아팠던 머리가
맑아졌음을 느꼈다
아 - 꿈속 -
이라도
사랑은 이렇게 좋은 것을
보석 같은 그녀
젊음이 내게 다시 온다면

사랑을 다시 한 번

일상의 깨우침

나를 사랑한 여자
그 여자는 지금쯤 행복했으면 좋겠어요
나를 깨우치기 위해
아버지는 자갈논을 팔았다
나를 일깨우기 위해 뼈를 도려내는 고통으로
인고의 세월을 살다 가신 부모
나를 늘 칭찬하셨던 조모
인사를 잘하라고 늘 가르쳤던 아버지
부지런해야 밥 먹고 살 수 있다던 어머니
그렇게 나는 교육을 받고 사랑받았지만
모두가 떠나가고 나 혼자 쓸쓸하게 책을 읽으며
아- 이게 무엇하는 짓이란 말인가
이까짓 책은 읽어서 무엇에 쓰려고 이러는가
어느 날 눈물을 흘리며
베개에 얼굴을 묻고
작은 방에서 부모님이 가르쳐 준
행복과 사랑을 찾아
이렇게 중얼거렸어요

그들이 가르쳐준 일상의 말씀을 실천하자고
낮추어 남을 높여 보자고
배려를 배워 보자고

자아 自我

내 생각과 판단 추리 등 체험 내용이 자기를 이루는 통일된 의식을 자아라 부른다

그렇다면 나의 자아는 어떤가

나는 가정이 가난했지만 남들이 부러워할 정도로

많은 것을 누리며 살아왔다

나의 주변 환경은 시골이었지만

도시 속에 산 아이들처럼 얼굴이 하얗고 뽀얀 아이였다

시골 주변 환경에서 스스로 터득한 부지런한 기운을 몸소

체득하였으며

어릴 땐 악동이었다

들판에 출렁이는 곡식과 농산물 그리고 들판과 산에서

얻은 야성과 야만적인 기운

그리고 동네 어른들에게서 그리고 가족들에게서 배운

인정과 넉넉한 마음 인심과 눈물 사랑을 배웠다

그것은 서울로 도망치듯 상경하여 도시 속 시민들의

생활을 배우고 익히려 했지만 그것은 쉽지 않았다

이미 시골 속에서 형성된 성격과 기질은 촌스럽기만 하였고

욕심만 더덕더덕 붙어버린 사고의 깊이가 형성된 욕심

꾸러기였다

그러나 천진스러움과 순진한 심성을 버리려고 하여도
약아빠진 사람처럼 성장하려고 노력하였으나
타고난 천성과 기질은 그것을 바꿀 수 없었다
그러나 보고 들은 바는 있어서
뭔지 모를 문학에 대한 열망은 대단하였고
책을 좋아하였고 독서가 나를 만들어 줄 것이라
굳게 믿었다
그 의지는 지금의 나이가 되었지만 변함이 없다
의지는 대단한 힘이었다
죽을둥 살둥 살아왔지만 나의 똥배짱 같은 의지의 힘은
연약한 것 같았으나 끝장을 보아야하는 기질이 숨어
나를 일어서고 일어서고 일어서서 살도록 하였다
나의 감정은 연약한 감상에 인정 많고 덜 떨어진 듯 태도가
그러하였지만 마음은 늘 넓고 이상으로 가득하였다
감정이 풍부한 듯 하였지만 그러하지 못하였으나
못되기까지 하였다
내가 얻은 지식과 지혜는 늘 이름있는 학자들이 사숙이

되어 주었다

난 말로 다 표현할 수 없을 정도로 아팠지만 살아남아야 한다는 의지가

신서재에서 글로나마 털어놓아 나를 풀어 놓아본다

님아, 화가 났어

아 -

사랑이어라

그대

얼마나 보고 싶었는지 몰라

남문 근처 골목

찻집을 한다기에

어두워진 밤 몰래 근처를 서성거리며

유리 창문 안을 기웃거리며

가슴 뭉클했어

늙었구나

그러나 칠흑 같은 밤처럼 조용함은

옛날이나 지금이나

나는 울고 있었어

세월 속에 묻힌 사연이 생각나서

왜 울고 있지 화가 다 나더군

사랑한다고 했던 말이 화가 났어

그리고

힘들었던 시간이 있었다기에

그 소문을 듣고 화가 났어

남문을 돌아 몰래 찾아와

도둑놈의 눈초리가 되어있는

나는 화가 났어

찻집은 쓸쓸하지 않더군

손님과 말을 주고 받으며 간간히 웃고 있더군

당신과 결혼했다면

난 행복했을까

거지꼴이 되어

옛 로맨스에 끌려와

문틈으로 새어 나오는 <라떼> 향기를

씹으며 집으로 왔어

왜

이렇게

늙었단 말이야

난

화가 나는 가슴으로 눈물을 닦고 있었어

절대값

사랑하는 그를 위해 자유를 주고 즉 소유를 뛰어넘어야 하는가

간섭과 참견은 그를 위해 사랑이라는 이름으로 족쇄를 채워야 하는가

그는 어느 절대값을 벗어나길 원하는지 모른다

그러나 그 절대값 안에서 나는 사랑을 찾는다

절대값 넘어 살 수도 있고 절대값 밖에서도

사랑은 있고 절대값 밖에서 서성거려도

우리는 사랑이 있다고

인정하는 예도 있다

어느 경지에 다다른 것을 보면서 보통 사람들은

그것을 보지 못하지만

경지를 넘어보는 사람이 있으니

우리 같은 범인은

아직 사랑을 깨닫지 못하는가 보다

그러나 나는 그냥 평범한 사랑을 하고 사랑을 받고 싶다

조석구 박사님에 대한 기억

오산중학교 1학년 4반 맨 앞줄
잘 웃지 않는 나는
가끔씩 한번씩 웃는 모습을 보여줄 뿐
가을인가 초겨울인가
딱 한 시간 조선생님의 강의를 들었다
어린 나는 키도 작고 못 생겼다
70년 학풍은 선생님의 권위라는 것
절대적이라 할 수 있었다
그러나 그 틀을 깨고 헝클어진 머리와
늘 싱그러운 웃음을 띤 모습의 선생님은
긴장을 깨고 자유로운 생각을 할 수 있도록 이미지를
머리속에 심어주셨다
좀 바보 같은 언변으로 개그 같은 그 한 시간 강의는
촌놈인 학생에게 농축된 시간을 기막힌 강의로
문학이 무엇인지 심어 주셨다
선생님의 사고를 이해 못하는
상급 학생들은 수근거렸다
별로 문학에 관심이 없는 그들은

선량한 외모와
그런 모습과는 거리가 먼
권위가 없고
부드러운 체취에
나는 그때
문학에 반해 버렸다

그 후 어느 식당에 선생님의 시(詩)가
걸려있는 것을 보고 한참을 쳐다보았다
그리고 선생님의 시(詩)가 발표될 때마다
관심과 지혜를 배웠다
문학인이 모이는 자리에 선생님이
빠지면 재미가 없다
앞에 나와 무슨 지적인 말씀을
들려주지 않으면
그 행사는
아무것도 배워갈게 없는
허전한 마음이 되어버린다

종착(정신 신경증)

나는 일어서야 했다

하고 싶은 말을 하기 위해서라도 일어서야 했다

고통스러워 울었지만 너무나 아팠지만 일어섰다

당신들이 아무리 너는 못 일어난다고 빈정대고 포기하라 했지만

나는 일어섰다

나를 위하고 나의 고귀한 자존 때문이라도

일어서고 말았다

- 이젠 아픈 것은 없어졌어

- 이젠 울지 않을꺼야

- 나는 행복해

- 나는 행복하단 말이야

- 또 쓸어져 곤두박질 친다해도 지금 나는 편안하단 말이야

= 그래 O군 너에게 그 고통은 축복이었어

= 울지마

= 울지마 너에게 축복이라고 생각해
- 그래 축복이야

가슴을 타고 흘러내리는 서러운 고통의 시간들이
희망이 되었고
깨달음을 주었어
호랑이 우는 소리로 울면서
나는 더 강해졌어

친구 찾기

어릴 때 선생님은 진실한 친구 셋 있으면
천하를 얻는다고 가르치더군요
그러나 그건 어려운 과제였어요
평생 살면서 좋은 친구를 갖는다는 것은
하늘의 별따기였어요
배신 이간질
기만 사기
폭력적인 언어
교만스러운 태도
헐뜯고 업신여기고 왕따시키고
믿음이란 없었고 조롱 비난의 관계로 맺어진
친구들로 서성거렸고
하지만 나조차도 모사와 의심의
눈으로 친구를 대했으므로
그들을 탓 할 건 아니지만
믿음의 친구를 갖기란 어렵다는 것을 살면서 배웠어요
지금도 진실한 친구 한 명이라도 있더라면
외롭지 않을 텐데 하는 생각을 해봐요

창밖에 그대

어두운 밤 두렵다는 생각없이
달려온 그대
널 안고 울었으니
얼마나 감동적이고
내 마음 피를 토해
그대 앞에 진실을 말했노라
너무 너무 좋아 사랑해
지금도 잊지 못해
창밖에 바람불면 그대 향기
더욱 가슴 아프게 울어본다

효자손

나는 효자였을까
정말 효자였을까
중학교 2학년 수학여행을 경주 부산으로 갔었다
그때 나는 경주에서 토속 상품 중에 효자손을 샀다
대나무로 만들어진 효자손이었다
왜 그것을 샀을까
그 많은 상품 중에 왜 하필이면 효자손을 샀을까
그것도 경주에서 사가지고 부산으로 이틀을
가방에 삐죽 나오도록 넣어가지고 보기 촌스럽게
효자손을 들고 여행이 끝나도록 집으로 올 때까지
효자손을 들고 다녔을까
동창생들은 그런 나를 촌스럽고
모자라는 놈으로 보았을 것이다
그렇게 소중하게 간직하고 집으로 가지고 온 효자손을
아버지는 얼마에 샀느냐
어디서 샀느냐 물어 보셨다
그러나 그 효자손은 안방 건넌방을 돌아다니며
천덕꾸러기가 되어 방바닥에 젓가락 떨어진 것처럼

보기 흉한 물건이 되어 있었다
성숙한 동창생 놈들은 오다가다 만나는 여행을 온
타학교 여학생들에게 종이쪽지에 주소를 적어
몰래 건네주던 친구들이었는데
나는 그러하지 못하였다
얼마나 어리숙하고 덜 깬 학생이었던가
지금 생각하니 화가 다 나는 것이 부끄럽기까지 하고
여행 보낸 아들이 효자손을 들고 다녔을 것을
생각하셨을 아버지는 울화통이 터졌을 것을 생각하니
아버지에게 미안하였다
지금 생각하니 경주 부산에서 동탄으로 기차를 타고 온
효자손은
무엇을 생각하게 만들었을까
그리고 그 효자손은 아궁이 속으로 들어가고 말았다
나는 옛날을 생각하면 순수 그 자체였다
나는 울먹인다
동탄 장지리에서 태어나 자라고 교육받은 환경이
화가 난다

까지고 까지고 또 까지고 발랑 까지지 못한

내가 밉기까지 하다

기차 안에서 그 효자손을 꺼내 장난을 치던 여선생은

<너는 아직 순수 그 자체구나>라고 웃던 모습이 떠오른다

아궁이 속으로 들어가 버린

효자손은 생각을 하던지 말던지

난 용기가 넘친 효자였던가 물어본다

편해 보이는 사람

편하게 남을 위해 배려했었나

아니면

타인에게 편하고 정서적으로 안정감을 주었나

새벽에 일어나 문득 생각에 젖는다

그러나

난 타인에게 털털하고 포근하고 타인의 마음을

어루만져 주지 못하였다

달래주고 슬퍼하고

외로워하는 그들에게

편하고 다정다감한 사람이 아니었다

나의 눈은 매의 눈초리처럼 날카로웠으며

늑대의 발길처럼 자신도 외로워

착하고 어진 그들 주위를

겉돌며 불안하게 했다

그렇게 만들어진 원인이야 있겠지만

나는 후회하고 달래 본다

사랑해 모든 사람들아

매의 눈처럼 날카로운 마음은

온화하고 따스해졌으면 하는 바램이고

늑대같이 외로움에 몸부림치는 핏발선 눈초리는

사랑으로 빛났으면 좋겠어

희망 1

희망을 날개라 했던가

새는 날개를 펴야

삶을 살 수 있고

우리는 글을 써야

날개를 흔들 수 있다

너무 커다란 꿈은 자칫

좌표를 잃을 수 있다는 것을 삶에서

배웠으니 <이카로스>

글로 날개를 달고 인생을 이야기하리

희망 2

나는 병들어 죽은 자의 영혼처럼 살았다
나는 물속에 빠져 이렇게 죽는구나 생각하며 살았다
호시탐탐 죽음이 나를 끌고 가려고 했어도
나는 싫다고 뿌리치며 여기까지 왔다
우리시대는 가난하였어도
제때에 식사 한번 맛있게 먹지 않았어도
난 잘 먹고 잘 살수 있다고 믿고 살았다
난 공부를 못하였어도
무엇인가 남보다 잘 할 수 있다고 생각하며 살아왔다
난 군대에서 윤일병처럼 죽을 정도로 매를 맞았어도
난 병장이 될 것이라고 믿고 살았다
난 눈이 작은 아이였지만 당신들이 보지 못하는 마음을
볼 줄 안다는 자신감을 갖고 살았다
난 행복해 보이지 않지만
난 행복하다고 소리치며 살았다
난 언젠가는
죽는다는 것을 알고 있다
하지만 난 하늘 어딘가 가서 행복해지리라 믿고

살고 있는 것만은 확신하고 있다

어머니가

돌아가시고 그 영정 앞에서 울지 않았지만

난 매일 울고 있다

어머님을 사랑하므로

가을비

아들은 병장계급을 달고 하루를 묵고 전방으로 떠났다
어머님은 가을비 오는 날 오지 못할 외출을 하셨다
추석이 내일 모렌데 딸내미는
친구와 외국으로 여행을 갔다
가을비가 이렇게 슬픈 감정을
저 아래 천길 골짜기로 떨어지게 할 줄 몰랐다
마누라마저 장모 병시중으로 집을 비웠다
오늘은 바람마저 없었다
앞집 새댁은 큰 가방을 끌고 친정으로 간다고 했다
머릿속에는 온갖 보고 싶은 사람들로 가득한데
아무도 전화는 없었다
친구와 지인들에게 전화를 걸었으나
아무도 전화를 받지 않았다
갑자기 불안해졌다
가을비가 이렇게 청승맞은지 몰랐다
TV는 북한 이야기만 하고 있었다
뉴스는 트럼프 눈치만 보고 있었다
매일 인사 잘하는 1층 아주머니마저 보이지 않았다

추석이 내일 모레 글핀데

오늘이 지나면 내일이 추석 같았다

하나뿐인 남동생마저 일이 바빠

제사 지내러 못 온다고 했다

노숙자도 나만큼 외롭겠지

이혼한 내 친구도 나만큼 외롭겠지

애들을 버리고 집 나간 그 여자는 더 외롭겠지

전방으로 떠난 아들은

어둑한 참호에서 아버지처럼 가을비를 맞으며

어디를 응시하고 있을까

가을 속으로

노란 은행나무의 단풍은 햇빛으로 찬란하였다
붉은 단풍은 설렘으로 다가왔다
온통 세상이 붉고 노란 경이로운 빛이었다
바람이 불어 낙엽은 그렇게 흔들리는데
이럴 때 시(詩)는 저런 모습으로 옮겨야 하는 건가?
망연해진다
지금은 혼자다
베토벤의 교향곡이 있었던가
그의 교향곡이 가을을 옮겼다면 눈을 감고
그 속으로 들어간다
가을은 낙엽을 곤두박질치게 하지 않는다
흔들거리며 구불거리며 술 취한 시인처럼
동그라미를 그리며
우리에게 온다
가을은 아름답다 못해 경이와 경탄이었다
가을, 어떻게 노래해야 하는지 묻는다
가을은 악(惡)에서 꺼내 주었다
아름다움으로 노래를 불러 웃어보라고
아- 이렇게

가을의 반격

아비가 죽자

저놈이 농사일을 제대로 하려나?

그래도 꼴에 책은 늘 끼고 다녀!

가을은 언제부터인가 천적이었다

책을 끼고 단풍나무 아래서 꿈을 꾸던 나는

아버지가 돌아가시자

아버지가 심어놓은 곡식을 거둬들이는 책임과

벼를 베고

볏단을 뒤집고

논두렁 콩을 뽑고

타작을 하고

천근이나 되는 멍석을 펴고 말고

고추를 따고

고추를 말리고

콩을

도리깨로 털고

들깨를 털고

가을은 그야말로 책 읽는 것보다 어려웠다

에라, 이놈아 그렇게 일해가지고 빌어나 먹겠니!
네 아버지가 다해 놓고 거둬들이기만 하면 되는 것을

그런데 일은 싫고
단풍나무 아래서 시(詩)나 쓰고 그래야 되는데
한심하고 딱한 놈 같으니라구

봄 그대는 사랑

3월의 바람은 어디서 왔는지 붉고 노랑으로
빛나는 꽃을 태우고 달려왔다
3월의 꽃은 어디서 왔는지 사랑으로 희망으로
약동의 기운을 태우고 달려온다
4월은 바람과 꽃 사랑으로 만개하는 얼굴로 품속으로
극치의 최대치였다
3월 4월이 그렇게 왔다면
5월의 붉은 장미는 눈물이 흐르도록 여왕처럼 도도하겠지
3월 4월 5월이 떠나면 내년까지 헤어져 있어야 하겠지
짧은 그 시간 너와 사랑에 흠뻑 젖고 싶어
시집 못간 딸은 2월 어느 날
창을 열고 창틀에 꽃다발로 단장했어
어서 오세요
당신을 기다렸어요
겨울이 얼마나 우울했는지 몰라요
당신을 기다리는 것이 너무 가슴 벅차서

봄봄

신기루였던가
학교에서 먼 집으로 가는 길
황톳길 양편에
냉이 수줍은 푸르른 산길에도
아지랑이 불처럼 아롱거리면
집으로 가는 길
소년 소녀의 얼굴은 봄빛이 들어
아름다웠다네
그 들길 벌판 산자락 지금 그 언덕
불처럼 활활 타던 아지랑이
어디로 갔는지 두리번거리며 찾아본다네

봄처녀

제2부

봄처녀

아!

3월을 노래하는 바람은 나의 가슴에도 달려들어 안기겠지

고마워라

더벅머리 멋없는 청춘

3월을 노래하는 봄 처녀는

복사꽃처럼 화사한 얼굴로

바보온달 찾아온 공주처럼

설렘으로 기다리겠네

빈집

언덕을 내려오다 동생이 살던 빈집을 외면하지 못했다
숙부의 구시렁거리는 목소리가 거기 있었기 때문이었다
어째 숙부의 모습만 거기 있었겠는가
사촌 동생이 -아버지 아버지 진지 드세요- 라고
하던 착한 아들도 거기 있었다
그 아들은 그 빈집에서 아주 먼 인천에서 산다
- 형님 그 집 아직도 비어 있지요
전화로 물어보는 안부였다
- 아버지가 늘 가지고 다니시던 자루 헐렁한 삽 그대로
있겠지요
= 이 놈이 실성을 했나
그러다 나는 울었다
어째 벌초도 오지 못한단 말이냐
- 언제 삽을 한번 만져보러 가야 할텐데요
이런 우라질 놈 하다가
다시 한번 목이 메었다
빈집은 실성한 여인처럼 누구를 기다리고 있었다

국어 사랑

더럽게 못생겼구나
치아는 듬성듬성 쥐새끼 이빨같구나
마음은 모질고 독하기는
눈도 작고
입도 작고
얼굴에 붙은 건 다 작으니
그렇게 생기기도 힘든데 말이다
이 사람아 그렇지 않아
그래뵈도 힘이 얼마나 쎈데
맘보도 저 애 따라갈 애들이 없어
입이 얼마나 무거운데
옆에서 금방 봤어도 누구한데 절대 말하지 않아
한자리할 아이야
두고 봐
정직하고 양심이 얼마나 바른지
잘못하다간 저 애한테 당해
예민하기는 어떤데
눈을 똑바로 쳐다보기도 민망해
지게질이나 하고 천덕꾸러기처럼 보이지만
얼마나 속이 깊은데

남자 아이는 그렇게 언어를 배웠다
남자 아이는 쌍욕도 배웠다
별의 별 욕을 다 배웠다
그런데 양심이 바르기 때문일까
도덕심은 대단해
그 사내아이는 여자를 좋아했으나
23살에 군에서 직업여성에게 딱지를 떼었다
그리고 공장직원이 되었다
한자리할 줄 알았더니
쯧 쯧 쯧

극치감 1

여성에게 남자의 비밀을 말하고 싶다
남자는 평소에 무슨 말로 수다를 떨까
남자는 SEX 이야기를 많이 하는 것으로 보면 된다
틈만 나면 도대체 SEX가 무엇이길래
그렇게 침을 튀기며 수다를 떠는가?
친구가 말해 주었다
극치의 쾌락
세상에서 그것보다 더 재미있는 장난은 없는거야
그래서 사람들은 자나 깨나 틈만 나면
SEX 이야기를 한다고 친구는 말해 주었다
내가 느끼고 고민한 것은 SEX가 그렇게 재미가 없던데
라고 말했다
언젠간 알게 돼 있어
돈 생기면 그것밖에 생각나는 게 없어
과연 그럴까?
살다보니 친구 말이 옳다고 생각한 것은
병들고 난 다음이었다

극치감 2

살다보면 이런 일도 있을 수 있다
가끔씩 나는 <허클베리 핀의 모험>을 기억한다
내 삶은 잔혹한 삶이었다
또래 동무는 내 다리를 걸어 쓰러트린다
그리고 난 뒤로 무너졌다
무너진 나를 배위에 앉아 인정사정 없이 얼굴을 뭉개버렸다
코피는 철철 흘러내렸고 얼굴은 붉고 검은 피로 얼룩진 사람의 얼굴인지 모를 정도로 피범벅이 되어 있었다
본인은 작고 매서운 찍, 찢어진 눈으로 동무를 바라보며
살려줘, 살려달라고 작고 비겁한 목소리로 그를 응시했다
그는 나를 살려주었다
주위에 많은 친구들이 둘러싸고 바라만 보았지
그들은 슬퍼하지도 않았고 잔인함을 즐기고 있었다
그들은 내가 죽는 것을 보고 싶어했다
그것도 커다란 산소 봉분 앞 제절에서
나는 그 모양을 하고 집으로 왔다
어머니는 나를 보고 웃으셨다

얘가 내 아들인가?

식전에 왠 아이가 피를 뒤집어쓰고 대문을 들어서는 것을 보시고는

어머니는 이렇게 말씀하셨다

때린 놈 집으로 가서 얼굴을 씻고 오너라

그러면 밥을 주마

난 마을 앞길로 피를 뒤집어쓰고 한참 먼 그 집으로 찾아갔다

그 친구는 세수하고 있었다

나는 물끄러미 그의 가족들을 바라보고 집으로 왔다

그것이 아마 초등학교 5학년 때지 아마

어머니는 가끔씩 기억을 하셨다

극치감 3

살다보면 이런 일도 있을 수 있다
난 가끔씩 알렉스 헤일리의 <쿤타—킨테>를 외친다
- 나는 만딩고 용사, 쿤타—킨테!

그 여름 장마는 들판을 뒤집고 뭉개버렸다
그리고 올 여름처럼 뜨거웠다
비가 많이도 온 터라 저수지 뚝 아래 웅덩이는
붉은 물로 넘실거렸다

나는 옷을 벗었다
희고 부드러운 소년의 몸둥아리는 선정적이었다
그리고 웅덩이로 뛰어들었다
물놀이하던 마을 또래들은 옷을 챙겨 입고 있었다
난 물 속에서 허우적거렸다 내가 물에서 나오기만을
바지 주머니에 손을 집어넣고 내려다보고 있었다

난 물 속에서 나올 수가 없었다
몇 초 아닌 수 분이 지나갔는데
아니 더 긴 시간이 지나가고 있었는데

그들은 뚝에서 내려다보며 즐기고 있었다
저러다 죽을 수도 있지 하고

천만다행인지 난 죽지 않고 물속에서 빠져 나왔다
그들은 '나를 이상한 놈'이라고 지금도 기억하고 있었다
저 놈은 누가 도와주는 것 같아
저 정도면 죽었을 텐데
진작에

측은하고 불쌍하다고 누가 말을 던지더란다

가끔씩 외로움을 느낄 때

어릴 때부터 외로움을 많이 타는 그는
살다보니 습관이 되었다
그래서 방 한 칸 조그만 자기 방에 들어오면
파리라도 날아다니는지 확인하고는 한다
외로움을 벗어버릴 수 있는 조용한 방안에
움직이는 것은 파리뿐이다
파리는 적적한 쓸쓸함을 달래주며 친구가 되어 준다
창으로 날아갔다 컴퓨터로 날아갔다
그리고 다행히
어깨 위에 앉았다 날아간다
난 생각하기 시작한다
외로움을 벗기기 위한 작업이다
왜
젊은 날 생각을 자유롭게 하지 못했을까
외로움을 달래려고 직업여성을 찾아간다
직업여성의 넋두리를 들어주기로 하였다
그녀는 제법 나에게 좋은 오빠라고 조잘거렸고
투정을 부린다

- 왜 이렇게 마음이 아픈지 모르겠어요

- 이젠 이 일도 지긋지긋 해요
- 그러나 돈을 쓰려면 일은 해야 되는데
- 시집을 가고 싶어요
- 엉덩이에 그려 놓은 전갈 문신을 지워야 하는데 문신이 후회돼요
- 그래야 결혼을 하는데
그 놈은 킥킥 웃는다
= 그게 지워지냐
- 아냐 오빠 지울 수 있어
그 놈은 그녀를 꼭 안아준다
어쩌다 이렇게 되었단 말이냐
외로움은 물러갔지만 슬픔이 대신 찾아온다
서로 웃는다
그리고 옷을 주섬주섬 주워 입고 걸어 나오면
- 또 와요 오빠
- 3호실이야
- 잊어버리지 말아요

그러나 문을 나서는 순간 외로움은 또 찾아온다
그 놈은 생각한다

외로움이 무섭다는 것을 처절하게 깨달은 당사지만
더 무서운 건
자신의 아들이 세상 살면서
아버지가 겪은 외로움의 경험을
아들은 어떻게 견뎌내야 할까 생각에 젖는다
나는 외로움이 습관이 되어 지혜를 얻었지만
그게 얼마나 고난의 생인지
아들이 그 외로움을 참고
생을 살아가야할지 생각하면
가슴 떨리는 사실 앞에
난 무거워진다

가을아

가을아 사랑하노라
가을에 아픈 과거가 있다 해도
당신 때문에 웃겠노라
가을바람이 나를 끝없는 시의 정신으로
지고지순을 만들었노라
가을바람과 여자의 머리카락은
바람난 처녀처럼 로맨틱하구나
가을 햇빛에 아이의 웃음은
모든 아픔을 빼앗아갔노라
가을아 사랑하노라
너의 슬픈 바람결에 입을 맞추는구나
가을아
난 너를 숙녀의 살찌고 기름진 하얀 허벅지를 만지고 싶듯
당신을 만지고 싶구나
아
가을아
너의 장난치듯 불어오는 바람 따라
단풍나무 숲을 거닐고 싶구나

가을과 문학

난 문학을 공부한지가 꽤 오래 되었다
거슬러 올라가면 초등시절 만화책에 몰두했고
중학교에 입학하여 소설을 접하게 된다
<고교얄개>, <임꺽정>, <홍길동>
이어령 선생님의 <한국과 한국인(전 육6권)>
지금도 그 줄거리를 기억하고 있다
이어령 선생님은 나에게 책을 통해 변화시켰다
즉 사고방식을 이어령 선생님의 예리한 시각적
평론을 친구들과 이야기를 나누곤 하였다
고등학교 입학하여 이미 중학교 때 고전을 다 섭렵한
친구를 만났으며 놀라워하고
감동을 받았던 사실은 잊을 수 없다
그 후 남산 도서관을 들락거리며 책을 읽었다

가을과 문학은 문학에 관심이 있던 나에게
열병과 로망 그리고 예민한 나에게
감성을 심어주었으며 길러주었다
부끄럽지만 그 무렵 다방도 들락거리게 되었으며
사찰을 기웃거리며 갈등을 하게 되고
외로운 나 혼자의 문학의 탐구가 시작된다

군 입대한 친구에게 보내온 편지도 코스모스 활짝 핀
훈련병 막사에서 너를 그리며 편지를 쓰노라
철모와 소총을 메고 하늘거리는 코스모스 단풍이 물든
가로수 길을 따라 구보를 하고
막사로 돌아오면 잔디밭에 앉아 시를 읽고
편지를 쓴다라는 내용과
낙엽을 밟으며 걷는 연인들의 쎈치한 모습에
문학으로 행복을 꿈꾸었다
가을이 나를 더욱 깊은 문학의 매력에
깊이를 더한 것만은 사실이었다
가을이면 사랑에 목말라하고
멋진 여자에게 눈길이 가던 시절
문학은 그렇게 감상으로 다가왔다
문학은 그렇게 뚜렷한 메시지 없이 세상에다 대고
소리쳐 보고 싶은 확실한 의도를 숨긴 채 시작되었다
가을이면 열병을 앓았다 그리고 가을에 일어났다
지금은 가을의 감성은 무감각해졌지만
옛 추억과 기억의 한편은 아름답다
가을이 준 감성으로 혈기를 잠재웠다
조용한 시선으로 세상을 보던 나는

문학은 나에게 어렵고 고독할 때
친구가 되어준 포기할 수 없는 든든한 지팡이었다
쎈치했던 나는 가을을 지금도 로망의 시선으로
눈동자 속에 심어 넣는다
아- 가을아
너를 사랑하고 있는 것은 사실이며
가을이면 멋진 시를 쓰고 싶노라고

간발의 차이

정지해 있는 엘리베이터 버튼을 눌렀을 때
카(car)는 이미 냉정하게 수직상승할때
아쉬움은 남는다

횡단보도 파란 신호등을 보고 신발이 불타게 뛰어갔을 때
붉은 신호등으로 변하면 부끄러워진다

버스 충전카드 요금이 버스기사 앞에서 잔액부족이라는
멘트가 나올 때 멋적어 웃는다

버스정류장에서 한눈팔다 버스를 놓쳐 버리고 날아가듯
가고 있는 버스 뒤에서
가슴 속으로 바람이 휭하니 쳐 들어오는 것을 느낀다

짝사랑하던 여자를 기회만 보고 있다가
딴 남자와 팔짱을 끼고 지나가는 것을 보면
아차하는 신음소리를 낸다

여인에게 질투의 감정이 일어날 때
눈동자가 떨리는 것을 느낀다

나는 순간 얼굴을 외면하면서 들킬까봐 부끄럽다

이천오백원짜리 담배를 살 때
동전 100원이 모자라면 아르바이트 학생을
물끄러미 쳐다본다

가을이 연지골* 학생들의 가슴 속으로

가을이 왔다
가을이 여기 왜 왔지
학생들은 모르는 사이
가을이 교문 안으로
걸어 들어오는 것을 보고
창문으로 다가가
손을
흔들어
반겼다

연지골* : 세마대 근처 성심학교가 있는 마을

계절의 예찬

가을을 예찬하는 마음은 쓸쓸한 바람으로 핑계를 삼노라
영혼을 적시는 바람의 모습으로
표현하고자 함이외다

겨울을 예찬하는 시선은
백색의 눈이 세상을 덮은 설경으로 자랑함이외다
헐벗은 나뭇가지가
바람에
떠는
모습이외다

봄을 예찬하는 시선은
오색찬란한 아름다운 꽃들의 잔치라 일컫습니다
만물이 새 생명으로 약동하는 모습이
희망과 뿌듯함이외다

여름을 예찬하는 시선은
신록(新綠)의 녹음(綠陰)이 세상을 덮은
장엄한 산과 골짜기에 서 있는 나무들과 숲일 거외다
또한 열광과 정열의

뜨거운 태양의
씩씩함과 땡볕의 기운찬 모습일 거외다

봄 여름 가을 겨울을 예찬하다 보면
이렇게 아름다운 별에서
살게해 준 신께 엎드려
자신을 낮추고
감사하는 생의 순간

실감나는
실존의 나를 깨닫습니다

갈망

아름다운 사진 풍경 그리고 음악, 나는 여자에게 관심이 왔을 때 그럴듯한 말을 배웠다

아름다운 여성에게

- 차 한잔 사드릴까요

- 차 한잔 하실래요

여자를 사귀고 싶었던 청춘 그때 유일하게 여자에게 마음에 드는 여자에게 할 수 있었던 최선의 선택, 차 한잔 하시겠어요

울고 떨리는 음성으로 간절한 마음으로

그런 청춘 그런 젊은 날이 있었건만

아쉽게도 차 한잔 사주겠다는 아름다운 언어 한 구절 구사로는 한번도

그러세요 차를 같이 마시고 싶어요하고 선뜻 다가온 여성은 없었고 지금도 그 말을 가끔씩 쓰지만 통하지 않는 사실에 실망의 시선만 배웠고 습관적 쓸데없는 치근거림으로 나를 천박하게 만들었다

- 아! 그대여 제발 저와 차 한잔 마셔 주세요 저는 재미있게 말도 잘하고 재미있답니다

그 말을 뒤이어 꺼내려 애썼으나 그 말은 평생 입에 맴돌며 아쉬움으로 남겨야했다

- 차 한잔 사드릴께요 제 소원입니다
눈물이 흘러내렸다 가슴이 아팠다 외로웠다
나의 젊은 날의 초상화였다
- 차 한잔 사드릴께요 차 한 잔 같이 하고 싶어요
- 당신에게 사랑을 느끼고 있어요

그것이 나의 일생 동안 잊지 못할 일기 속에 남긴 한쪽 이었다 쓸쓸하였다기 보다 치열한 생활의 시간 차 한잔 나누며 웃겼던 일 그때를 생각하면 차 한모금 넘기며 미소 짓는다. 가끔씩 지금도 써먹지만 통하지 않는 사실에 실망의 시선만 배웠고 습관적 쓸데없는 치근거림으로 나를 천박하게 만들었다

그리움과 슬픔

오늘따라 웬 바람이 이렇게 불지
어머님 생각이 왜 이리날까
가끔씩 어머님 꿈을 꾸긴 하지만
낮잠을 자고 멍하니 침대 모서리에 앉아 있는데
거센 파도처럼
온몸으로 그리움이 덮친다
머리를 시트 속으로 기어들어 가도록 비벼대며
온몸에 힘이 빠지는 걸 느낀다
아 살아계셨더라면 지금 육십이 되어 생각난
철들은 말을 주고 받았으면 얼마나 좋을까
이대로 죽을 수 있다면
어머니를 생각하다 이렇게 죽을 수 있다면 하고 말이다
넋두리를 하고 만다
그러나 그것은 그리움일 뿐이다
난 그리움보다 독한 한을 풀고 죽어야한다
나의 조그만 눈은 오기로 핏발이 섰으며
심장 속에 뜨거운 희망이 그리움을 잠재운다
보고 싶다
속을 썩인 나는 어머니를 위해 무진장 생각을 하고
또 생각했다

영화를 보고 극장 문을 나서면서 어머니를 생각했고
단풍이 물든 가을 산에 올라갔을 때 어머니를 생각했다
이토록 아름다운 영화감상을 같이 하였더라면
이렇게 아름다운 단풍이 물든 산에
손잡고 같이 올라 왔었더라면 하고 말이다
그러나 그리움을 멈추어야 한다
나에겐 자식이 있고
그들에게 나처럼 그리움을 남겨서는 안된다
어리석음을 후회하면서
그리움을 생각나게 해서는 안된다
그립고 그리워 그리워
이것은 감상에 발목이 묶여
나를 죽이는 독약이다
가슴에 사무치게 그리움이 존재하지만
그리움으로 끝나는 슬픔을
나는 냉정한 눈으로 응시해야 한다

그래도 행복하다

행복했던 나의 시간은 그 시절 있었는데
어느새 가고 빈자리만 있더라

건강한 나는 건강을 과시하며 공중을 날아
이단 옆차기의 신기를 자랑했었다오
그런 자신은
건강을 잃고 건강을 되찾는 처절한 노력을 했었다오
그 시간을 생각하면 목이 메인다오

난 돈도 어느 정도 손에 쥐고 아까운 줄 모르고 낭비했다오
그 돈을 잃고 눈물을 흘리며 서럽게 울었다오

나의 젊음은 독서와
실현성 없는 꿈을 꾸며 방자스러웠다오
그것이 조금은 나를 발전시킨 듯하나
후회와 성찰의 시간을 갖게 했다오

꽃을 바라보면서

중동에서 아프리카 한쪽에서 북의 마을 저쪽
지금 일어나는 일들을 보면서
현란한 시를 구사하고 싶지 않소
소설이라는 것으로 나의 상상을 덧붙이고 싶지 않소
화려한 그림도 그리고 싶지 않소
행복하다고 나른한 생각에 빠지고 싶지 않소
그리고 무언가에 대해 의문을 던지고 싶소
나의 삶이 불행하다고 말하지 않겠소
그러나 나는 현실에서 행복을 좇아
꿈을 이루기 위해 살고 있소
중동의 일이야 아프리카 거기 북의 저쪽이야 어떻든
지금 나의 현실이 내게 준 삶이거늘
현실이 오늘 현재 희망이 있다는 인식을 심어주니
어떻게 하겠소
그래서 나는 오늘 적극적 삶을 살아야겠다고
꽃구경을 가야겠다고 생각했소
한 편에서는 우울하고
마음 한쪽에서는 지워지지 않지만
꽃이 만발한 거리를 걸어가고 있소

나는 이런 사람

나는 마음을 열었을까
과연 열려 있을까
난 자만으로 거드름을 피우고 있는 것은 아닐까
사랑해 슬퍼
그리고 나를 용서해줘요
내가 잘못했어
이런 식으로 마음을 여는 걸까

그러나 나는 모든 걸 다 이해하고 관대하기엔
문을 열 수 없을 정도로
대범하지 못해
옹졸한 나는 나를
너무 사랑하고 있어
너를 사랑하기에
나는 내 것 밖에 몰라

나는 본시 이런 사람

나는 본시 음흉한 사람이었다네
나는 본시 흉물스럽고 갈롱스러웠다네
나는 본시 속이 깊어 남이 눈치 채지 못 할만큼
검고 무서운 사람이었다네
나는 웃었지만 웃는게 좋아서 웃는게 아니었다네
마음이 너무 괴로워 웃음으로 가면을 썼다네
말이 나왔으니 말이지
난 너무 경솔하였다네
그리고
감추고 싶은 무언가가 있어서 도망치고 숨었다네
난 속이 따로 있었다네
흉칙한 물건을 손에 쥐고
사탕발림 같은 말로
타인 속을 헤아렸다네
말이 나왔으니 말이네만
컴컴한 사랑방에서
삼국지를 읽으며 조조 흉내를 내었다네

나의 고향

지금도 산자락 꺾어 돌면
작대기 들고 밤송이 후려쳐 가을을 때렸지
여름 지난 가을 고향은 유난히 바람 출렁거렸지
그때는 황금 들녘 바라보며 겨울을 앞질러 가곤 했지
대추 붉은 연시 빨간 모습 보고 난 바보처럼 바라보았지
아 나는 풍족해
저렇게 감 대추 밤이 주렁주렁인 것을
나의 친구 귀원이는 도실재를 넘어
볏가마 무진장 실어 날라댔지
아! 부러워라
너의 부자 모습 언제 또 한없는 부러움으로 바라보나
동네 앞산은 단풍으로 아름다우리
이젠 올라갈 수 없지만
그곳엔 내 영혼 숨소리 발자국
나를 반길 것이네
먼 옛날
앞산 언덕을 올라
이 땅을 살까
저 땅을 살까

꿈을 꾸던 고향이라네
저 땅을 살까
아니야 모두 사버리자
혼자 꿈을 꾸던 고향이라네

나를 만들어 줘

사랑하는 그대
그대 보고 있으면
세상 모두가 아름답게 보이리
사랑하는 그대
그대 숨소리 들으며
착하고 어진
사람으로 태어나리

나의 시상 詩想

나는 여름 장마 빗줄기 속에서
나팔꽃 향기를 생각하오
나팔꽃 같은 하루살이 사랑을 기억하고는 하오
나는 눈 내리는 겨울 눈속에서 매화꽃을 발견하고는 하오
나는 나의 집 창문이 바람에 흔들리면
돌아가신 어머님이 오셔서 문을 두드리나 하고 창문을
열고 밖을
두리번거리오
앞마당에 바람이 휭하니 불고 지나갈 때면
아버님을 장사 지낸 그날 저녁
창문을 두드리던 바람을 생각하오
나는 거리를 어느 땐 30리도 더 걸어 다니며
아무 생각 없는 나를 발견하고는 행복해지고는 하오
나는 식당에서 먼저 오셔서 옆 식탁에서
서로 눈치를 보아가며 식사하던 손님들이
하나 둘씩 식사를 마치고 나가면
허전해 지는 나를 발견하고 쓸쓸하오
나는 버스를 타고 지나가다 예쁜 여자가
있으면 내가 탄 버스에 탔으면 하고 생각하오

나는 버스를 타고 종점까지
고개숙이고 졸다가 가는 때가 종종 있소
나는
슬프오
행복하오
쓸쓸하오

낭설 浪說 또는 진실 眞實

K는 너무 할 일이 없고 외로워서 신갈에서 오산까지
장마비가 쏟아지는 밤 걸어온 적이 있소
K는 청춘이 있었소
사랑을 배워가는 그 청춘을 말이요
멋지게 연애를 해 보고 싶어
여고생을 따라가면서 만나 달라고 울먹이는 감정으로
애원한 청춘이 있었소

K는 젊고 패기가 넘치는 청년시절이 있었소
글쎄, 4층 옥상에서 뛰어내려 보질 않았겠소
한낱 그것은 용기가 아니라 만용이라고나 할까

그러나 다치지 않았소
지금 늙어 생각하니 겁이 나고 무섭소

K는 커다란 뭉칫돈을 벌어 본 인생이 있었소
그런데 살면서 다 써버리고 친구 집으로
10리 길을 걸어서 만원을 빌리러 갔소
K는 미쳐도 보았소

그래서 진짜 미친 것이 뭔지 의사보다 미친다는 사실을
더 잘 알고 있소

K는 친구로부터 네까짓 게 시인(詩人)이냐? 라고
비아냥을 들어 본 적이 있소
그래서 K는 나는 너한테 칼을 들이대는 칼잡이가
더 어울릴 거라고 말이요
K는 생각했소
인생이 무엇인지 죽음은 또 어떤 것인지
그래서 명언을 기억하며 되뇌었소
신(神)이 진짜 실존한다면 죽음인들
싫어할 까닭이 있겠는가?
아! 나는 사는 게 습관이 되어서 인생을 어쩌지 못하고
지구 표면을 밟고 살고 있구나라고 말이요
어머니가 사망하고 아버지가 사망하고
내 사지가 지금 병들어 있어도
사는게 좋구나라고 말이요
그러나 나는 굳게 믿고 사는 게 있소
인간의 두뇌로는 알 수 없는 비밀이 있다는 확신 말이요

밤하늘을 보면서 달이 돌아가고 있다는 이치,
점심시간에 뜨거운 태양은
어떻게 존재하게 되었는지
새벽에 저 많은 별들은 왜 저렇게 멀리 떨어져 있는지
지구 옆에서 달이 돌아가고 지구가 태양을 안고 돌아가고
돌아가면서 돌고 돌면서 돌고 돌고
밤이 오면 다시 낮이 온다는 진짜 이치 말이요
자연의 섭리라고 일축하기엔 너무 희한하고
신기하지 않소
그것을 부정한다면 나의 지금 실존의 자신을
부정하는
것과 같지 않소
헛꿈을 꾸는 것인지 깬 것인가 말이요
결국 인간이 그 열쇠를 풀고 허망해 하거나
희망을 다시 찾거나
슬픔 속으로 빠지거나 행복해지거나
그렇게 될 거란 사실 말이요
인간, 인간에게 주목해야 하오

산골

제3부

산골

저는 두메산골 장지리에서 태어나 자랐고
그곳에서 삶을 배웠어요
이미 삶의 정서가 그곳에서 형성되었고
인생이 무엇인지 배웠어요
이미 어린 나이에 풀지게를 지고
산언덕을 오르는 삶을 배웠어요
장지리 그 고향은 나에게 죽을 때까지 글을 써도
모자랄 만큼 사연이 많은 산골
그야말로 작은 국가였어요

오산과 장지리는 서로 지척에 있지만
오산 사람과 장지리 사람들과의 문화 차이는
내가 커서 줄곧 친구들에게 이런 말을 하고는 해요
오산에서만이라도 자랐더라면 하고
그 이유는 오산 사람과 장지리 사람들과의 생각 차이는
인생을 바꾸어 놓을 사고방식이
달라질 수 있었다는 아쉬움 때문이에요

그러나

저는 어린시절 고향에서 행복했었다는 추억이
늘 가슴에 남아 있어요
네온싸인이 반짝이는 도시에서는
저녁식사를 마치고 오랜지쥬스나 콜라를 먹으며
즐거운 저녁을 보내겠지
시골에서 저녁을 먹고 나면
도시 생활을 상상했던 시절이 있었어요

아
도시!
그곳에 가면 나의 꿈은 있겠지 하던 생각들이

생각이 미치는 존재의 시간

저는 가끔씩 생뚱스럽지만 이런 생각을 합니다
세월을 누구나 한번쯤은 비켜 가보고 싶거나
논하는 까닭은
덧없는 인생의 시간들이 우리들에게 문제점을 드러내는
이유가 있기 때문이라고 보기 때문입니다
나이가 들면 세월을 운운하며 뒤안길 생각이
따라붙기 때문이 아닐까라고 생각을 합니다
헛된 인생은 살지 않았는지
그리고 행복했기 때문이었을까라고
좀 빗나간 글이지만
세상이나 인생은 유전한다는 말
즉 돌고 돌고 한다는 생각
내가 태어나서 나에게 문제점을 안기고 탄생시킨 것은
탄생했기 때문에 죽는다는 문제
죽었기 때문에 탄생한다는 문제
살아있을 때는 죽음 그 후를 모르듯이
죽어서 다시 태어나기 전에는
어떤 세상에 태어나서 살 세상을 모르듯이
죽은 뒤 그 시간을 모르듯 말입니다

죽은 뒤 그 사실을 알 수 없듯이 그 후 세상은
태어나 보기 전에는
내가 살 세상은 전혀 모르고 탄생한다는 사실
인간의 짐작으로는 죽어 부활의 의미를 두는
종교적 믿음도 있지만 사실 그게 그거가 아닐까

죽으면 언젠가는 다시 또 산다는 것
산다는 것은 또 죽음이 존재한다는 사실
난 이렇게라도 생각해 봅니다
세월 -흘러가는 시간- 우리는 그것에 초점을 맞추어
행복한 세상이 더 느리게 느리게 더 빨리 빨리라고
시간을 재촉할지를 어찌 되었건
이 세상에 미련과 더 오래오래 살았으면 한다는 생각을
그러나 죽어서도
이렇게 죽음의 시간이 빨리 지나갔나 하는
생각을 하지 않을까
살아 보았으니 죽는 것도 스스럼없이 받아들이면서
죽었으니 사는 게 무언지 알아야 하지 않을까
그런데 말입니다

죽고 나서
다시
태어날 생각을 하니 싫은 생각이 든다면
살아있을 때 죽는 게 싫듯이 말입니다

백원

티끌 모아 태산
가랑비에 옷젖어 아버지
어머니는 왜 그렇게 한 푼의 가치를
뼈 속 깊이 가르치고
심어주셨을까
슬프구나
쓸쓸하구나
누구는 사과박스에 돈을 두고 썩는지도 모른 채
잠을 자고
난 새벽에
백원을 헤아리며
교통비 실수 없이 내야하는데
걱정하며
문밖을 총총히 나선다네

차산 박 선생님께

엊그제 봄비가 왔어요.

친구를 만나 술한잔하고 헤어져 전철을 타고

병점에서 내렸습니다.

봄비가 나를 울적하게 한 건지 아니면 친구와 헤어져서

집으로 발길을 돌린 자신이 외로웠는지

알 수 없으나

병점 택시 승강장에서 택시를 기다리다

나는 우연찮게 어떤 술을 많이 드신 아주머니를 주목했소

아주머니는 겨드랑이에 손잡이가 망가진 검은 긴

우산을 끼고 있었소

그리고 한 손엔 독하고 싼 반갑 쯤 되는 담배를

손에 쥐고 울고 있는 듯했소

난 순간 그 아주머니께서 어머님 모습을

닮았다고 생각했습니다

술에 많이 취해 승강장 펜스를 의지하고 비통해 하는

그런 모습이었소

딱 보기엔 노점상을 하거나 아니면 그렇게 귀티나는

아주머니는 아니었소

그것은 그런 나의 생각이 외모로 판단하는

나의 편견이나 고정관념을 무시하더라도 말이오
왜 어머님 모습이 갑자기 떠올랐을까 하고 말이오
그 강인하고 거친 세파를 자신 있게 견디어 온
그런 모습 말입니다
내 뒤에서 그 아주머니는 차례를 기다리며
여전히 펜스를 부여잡고 깊은 생각에 빠져 있는 듯 했소
빈 택시가 회차하여 내 앞에 와서 섰으나
나는 그 아주머니에게 먼저 타고 가시지요라고
배려했습니다
그 아주머니는 고개를 끄덕이며 고맙다는 인사를 했소
그 아주머니는 택시 앞으로 가더니 뒷문을 열려다 말고
멈춰서서 강인하고 용기와 힘 있는 시선으로
나에게 목례를 하고는 택시를 타고 빗속을 날아가듯 떠났소
나는 빈 택시가 곧 오자 택시를 타고 뒷좌석에서
갑자기 눈물이 헉하고 나오고 있는 자신이 슬펐소
그래서 나는 이런 나를 지키고 싶다는 생각으로
글을 써야겠구나라고 생각했소
아마 그런 감정이 글을 쓰는 이유인지도 모르지만요
그렇게 쓰고 싶은 글쓰기의 의욕을 부추킨

스승같은 동창이 있으니 자신감이 생기오
<목림백향>의 붓글씨와 보내준 책을 읽고
나는 조심스럽게 삼가 정신을 매만지겠소
그리고 소중히 간직하겠소
고맙습니다
많은 지혜를 한 수 가르쳐 주시길 바라며 선생의 더욱
더 빛나는
글을 볼때를 기다리며 잠을 청해야겠소

늦은 비

칠월 비는 코러스 화음 소리를 내며 왔다
중부 오산엔 비가 귀한 지방이 되었다
언젠가부터 비가 오면 감사해 했다
비가 억수 같이 쏟아지는 오후
오산시장 다방을 들어가 커피를 마셨다
서빙 여성이 자리를 안내하였다
- 오빠 두잔, 두잔
연변 사투리가 애교로 다가왔다
오랫동안 알고 있었던 것처럼
= 연변서 오셨지
- 네 용정
= 연변도 비가 오겠지 밖엔 비가 많이 와
- 그렇겠지요
= 연변은 비가 오면 하루종일 내리나
- 그럴 때도 있고
- 그런데 요즈음 그전처럼 많이 안 와요
- 비가 많이 오는 날이면 친구 집에서 노래 연습을 했지요
- 이미자의 <기러기 아빠> 나훈아의 <고향역>
- 비가 오는 날이면 친구 집에서 서울거리를 익혔어요

- 그리고 온 곳이, 오산

- 연변의 빗소리는 주현미의 목소리를 닮았어요

- 비오는 날은 연변 시내를 걸어 다녔어요 비 내리는 소리가 좋아서

- 용정에 비가 오면 윤동주 시인의 시를 중얼거리며 거리를 걸어 다녔어요

- 연변에 비가 오면 서울도 비가 오겠지하고 생각에 젖었어요

- 비가 오는 날이면 큰애가 보고 싶어요

- 사내놈을 비가 오는 날 받았거든요 그 날은 비가 많이도 왔어요

- 큰 애 이름을 '대우'라고 지었어요

= 몇 살

- 15살

= 매일 통화 합니까

- 네 자기도 한국에 오고 싶대요

- 연변에도 비가 많이 오니

~ 엉 많이 와

- 그래 알았어 학교 잘 다니고 있어

- 그렇게 전화를 끊고는 해요

- 용정에도 비가 많이 오고 있겠구나

그녀는 중얼거렸다

미운 털이 박히면

친구에게 편지가 왔었다

나도 편지를 잘 쓰는 편이라 편지를 받는 것은 즐거운 일이었다

고등학교 동창에게서 온 편지는 내가 군에 있을 때였고

그 친구는 필리핀에서 보낸 편지였다

그러나 의외로 반갑게 받은 편지 내용은 저주에 가까운

가족 그리고 여자 친구에게 쏟아 낸 속마음이었다

내용인즉 여자가 가까운 이웃에 살던 친구였으므로 흉허물없이 편하게 지내다 자연히 애인 관계로 발전했고

결혼을 언약하고 자기 어머니에게 인사를 왔던 모양이었다

그러나 친구 어머니는 그 여자 친구를 달가워하지 않았다

그 동네에 오래 살았으므로 여자 집안을 잘 알고 있었던 것이다

그러나 친구는 여자 친구와 동거에 들어갔고

시간이 지나자 임신을 하였다고 하였다

그러나 비극은 시작되었고 어머니가 왠지 자기 아들 여자를 냉대하였고 업신여기고 미운털이 박혀 며느리로 인정을 하지 않았던 것 같다

여자는 배가 불러오고 힘들어했던 것 같다

인정을 못 받는 자신이 자괴감마저 들고 자신이 없었다

미운털이 박힌 존재가 되어 마음 약한 친구 여자는 얼마나 속상했던지

죽을 결심을 하였고 만삭이 다가온 가을 저녁 친구 어머니에게 잔소리를 또 한차례 듣고 건물 4층 옥상을 올갔다고 한다

'내가 남편을 사랑한 죄라면 죄고 자신의 손을 낳아주려고 하는 데 왜 나를 미워 할까' 하는 생각이 거기까지 미쳤다

약간의 우울증이 왔었고 너무 속상하였다

그리고 무심결에 4층 옥상 허술한 난간 밑을 내려다보며 아무 생각없었다

그냥 죽고 싶다는 생각뿐 배를 몇번 쓰다듬더니

허술한 난간을 두 발로 올라 서 있었다

그리고 사건은 터졌고

친구는 망연자실하였다

그 후 친구는 가족을 버리고 필리핀으로 떠나갔다

그리고 편지가 온 이후로 연락이 없다

난 그 때 사람을 미워하거나 업신여기는 마음 자세를 버렸다

절대로 사람을 깔보지 않는다

난 업신여김 당할지라도 그 지혜는 내가 당해본 경험이기 때문에 말이다

난 미운털이 박혀 고생도 많이 해 본 사람이다

괜히 사람을 사소한 것 때문에 미워해선 안된다는 교훈을

믿음 속에 의심

신에게 대적하지 말라
그냥 그렇게 살아라
주어진 대로
그러나 나는 가끔씩 신에게 따지고 묻는다
화까지 내며 원망도 한다
답답하다
몰라도 정말 모르겠다
신이시여!
당신의 정체성을 진실로 알고 싶다고
이제는 알아야겠다고
보고 싶다고
바보처럼
'신은 거기에 존재한다'라고
말을 믿기엔 난 부족하다고

무제

그 날은 비가 내렸나
아니면 바람이 유난히 불었던가
우리 집은 이상하게도 동네 맨 위에 있었다
그래서인지 뒷동산 추억이 남다르게 가득하고
어두워지면 다른 집보다 더 적막한 밤을 보내는 것 같았다
뒷동산은 으슥하고 좁은 산길이 있었다
언덕 귀퉁이에 북한군을 묻었다는 불룩한 무덤이 있었다

야경꾼이 북을 치며 뒷동산을 내려오면
어머님은 이렇게 말씀하셨다
오늘은 영식이가 야경을 처음으로 돈다던데
어느 덧 그렇게 되었나
네 형이 살았더라면 야경을 같이 돌텐데
잘생긴 아들이었는데

영식이 형은 죽은 형과 한해 같이 아래 윗집에서
태어났지만
형은 어릴 때 저승으로 가셨다
난 야경을 도는 날이면

어느 날부터 북치는 소리가 들려오면 자는 체하고 있었다
어머님은 가끔씩 누군가를 생각하셨다

보고 싶은 친구

팔월이 오면 보고 싶은 사람이 있다
나의 친구 박상
그 여름 뜨겁던 한낮 오후
저수지에서 수영을 함께 하던 부잣집 친구
그 친구는 나를 무척 좋아 하였다
버드나무 아래 앉아 참외를 함께 까먹던 친구였는데
그리고
그는 부잣집 아들이라
나를 맛있는 음식점으로 자주 데리고 갔었던 친구

오늘은 비가 온다
친구 생각이, 왜
가슴 뭉클하게 모습 떠오를까
아, 그 친구 나와는 형제 같았는데
나보다 먼저 깨었던 화끈한 친구였는데
아 그리워
미안해
뜨겁던 여름
즐거웠던 그 시간

이렇게 허무할 줄이야
친구
그 얼굴이 보고 싶어
잔정이 많아 가랑비에 옷 젖듯
정든 줄 모르고
아무렇게나 아무렇게나 상대하던 친구
속상해
조금만
일찍
미련한 어리석음을 버리고
서로
허물없이 웃어줄걸
지금 생각하니
사는 게 사는 게 아니야
너 없는 오산 국밥집에서
머리 처박고 쓸쓸히 배를 채운다

엄마와 봄꽃

그것은 어릴 때 <6세> 꽃을 바라보며
꽃의 아름다움에 넋놓고 바라보던 기억이
잊을 수 없기 때문이다
낮잠을 자고 일어난 나는 시골 커다란 집 주위가 허전해
어머니를 찾아 대문을 나선다
엄마 엄마 엄마
뽀얀 얼굴로
주위가 적적하여 본능적으로 어머니를 찾다가
대문 밖 저 아래
벚꽃이 활짝 흐드러지게 핀 울타리를
가득 메운 꽃을 보고
그만 나도 모르게
어머니를 불러 대던 나는
황홀한 눈빛으로
꽃의 아름다움에 정신을 빼앗겨
얼마나 오랫동안 그 꽃을 바라보며
서 있었던 기억이 난다
화사한 봄 연분홍 꽃송이는
나에게 봄을 인식시키는 계절로 다가왔고

지금 음악을 듣는 것처럼 마음은 황홀하였다
봄의 따스함에 놀랐고
밝고 화사한 봄날의 기운에
나는 조용하고 깊은 생각을 하는 자신이 되었다
엄마를 부르며 외로움을 벗으려고
어린 나는 낮잠을 자고 일어난
나에게
꽃은 그 응답을 대신해 주었다
지금도 꽃을 바라보면 그 생각이 나곤 한다
봄을 알려준 외롭고 허전한 가슴에 들어온
봄의 햇살과 꽃의 화사한 얼굴
그것은 밭일에 매달리며
아들을 혼자 두고
나오신 엄마가
보낸 메시지였다
아들아 외로워 마라
저기 아름다운 꽃이 피어있지 않느냐
그 꽃을 보고 있노라면
엄마가 거기에 서 있을 것이란다

보고싶은 사람

가끔씩 군 생활하던 전곡 백의리에서
갓 고교를 졸업하고 어머님을 도와
상점을 보던 처녀가 생각나요
오빠 고향은 어디야
오산 동탄
오빠 뭐하다 군에 왔어요
오빠 언제 산정호수로 놀러 갈까
오빠 나 예뻐
오빠는 부끄러움을 많이 타
오빠 군에 오기 전에 여자 친구있었어
오빠 오늘 엄마가 저녁 먹고 가래
오빠 용돈 남아있어
오빠 여동생있어
오빠는 외아들 같은 생각이 들어
오빠 내가 오빠를 좋아하는 이유를 알아
오빠 눈이 매력 있어 작기 때문에 다이야몬드 같아, 호호호
오빠 나 여드름 치료받으러 서울갔다 올꺼야
오빠 심심해서 어떻해
오빠 내일 와

오빠 인순이 알아

오빠 인순씨가 그렇게 성공할 줄 몰랐어

오빠 인순씨 여기 살면서 마음고생 많이 했어

오빠는 사람 깔보지 않지 난 알아

오빠 그 점을 좋아해

그녀는 내가 연천으로 파견을 나가자 몇 번 찾아왔었다

평범한 집안의 고명딸이었다

농사도 짓고 상점도 하고 있었다

군부대 주변 여자들이 약아빠진 것 같지만

오히려 군인에게 배려를 잊지 않고 잘해 주었다

나하고 세살차이 처녀

요즘 와서 물 밀려오듯 생각이 난다

젊고 패기로 가득했던 시절

아직도 그녀의 집을 알고 있다

한탄강 모래밭에 앉아

어쩌면 이 오빠가 프로포즈했으면 좋겠다고

그녀 속을 읽고 있던 나는

그녀가 다시 보고 싶다

봄이 오면 생각나는 것

겨울이 오면 함박눈 쏟아지는 풍경을 동경했다
탐스러운 눈이 쏟아지는 겨울
설국의 풍경은
아름답다
그 이상의 것이다
좋아라하던
나는
어느새
간사한 내가 되어
흐드러지게 꽃이 핀 봄 풍경을 동경하노라
겨울 예찬을 하던 나는
봄의 예찬으로 마음 설렌다
그래서 사람의 마음은 간사하다 했던가
봄이 오면
나의 고향은
노고지리 높이 떠 날갯짓하며
재주부리고 쩡쩡 울어댄다
마을 뒷편 산허리 아래 아담한 절이 있다
그 옆에 이화월백하고

능금꽃 피던 산언덕이 있고
복사꽃 활짝 핀
봄바람 차갑게 불어대는 과수원이 있다
야트막한 과수원 길을 따라
한복 곱게 입고 절 찾아와 치성드리고
봄바람 꽃바람에 치맛자락 흔들리며
바쁜 걸음으로 집으로 돌아가는
쪽머리하고 얼굴색 뽀얀 여인을
잊을 수 없다
내 청춘 그때 본 그 여인의 뒷모습을
잊을 수 없다

봄 생각

은은하여라
슬퍼라
저 언덕 아래 꽃은 무슨 꽃인지 알아보아라
벚꽃이라 부르지요
분홍의 만개한 꽃대궐이 질투가 생기지요
너무 아름다워
사월의 꽃을 바라보며
너무 감동적이라
눈물이
목련 꽃송이 떨어지듯

사랑을 모르는 바보

사랑을 현상이라고 되뇌이고는 한다
사랑받고 싶은 한없는 욕심이 나를 슬프게 한다
사랑받고 있으면서도 아니 사랑을 느끼면서도
속고 있다는 황당한 생각이
소크라테스처럼 철학적이어야
난 사랑을 이해할 수 있다고 늘 생각하는 나는 누구인가
날 사랑하고 있는 것을 알면서도 믿지 못하고
의심으로 다가가는 나는 누구인가
부모님 사랑을 빼고는 누군가 날 사랑해도
믿지 못했으니
난 불행한 인격의 소유자인가
그렇게 생각이 미치면서도
완벽한 사랑을 원하는가
난 자존심도 강하고 눈치도 구단이라 사랑을
느낌의 사랑으로
알고 있는 능력이 뛰어나건만
생각은 깊이를 뛰어넘는 버릇이 생겼으니
아, 나는 불행하단 말인가
사랑을 배불리 먹고 여기까지 왔건만

난 근본적으로 잘못되었단 말인가
거짓을 배워 거짓으로 일관한 삶이란 말인가
아니면 모든 게 의심으로 가득한 심성의 소유자인가
이것이 돈가 입 밖으로 나오면 도가 아닐진대
아~사랑 입 밖에 내 논 사랑은 이미 사랑이 아닐진대
실존은 본질에 앞선다는 말은 과연 진리일까
아
나는 불행하여라
사랑을 모르는 바보

사랑

어느날 사랑은 파도처럼 밀려왔다
사랑해선 안 될 여인이 나도 모르게 가슴 속에 숨어 들어왔다
아니야 이래선 안돼
그냥 알고 친해 보고 싶은 막연한 생각이었을 뿐
사랑해선 안돼하고 부정했었다
그런데 이상하게도
그 여인의 웃는 모습을 따라 말발굽 소리를 내며 달려가고 있었으니
나도 모르는 사랑이었으리라
단 몇 분을
아주 짧은 시간에 서로의 시선이
주고받은 사건이었건만
왜
자꾸만
끌리고 있는 걸까
마음은 감미로운 음악을 듣는 시간처럼
빠져 들었다
아

몰라

내 마음이

왜 이리 변했는지

서러움이 날 묶어 고개를 떨구었다

그렇게 떨군 채

서성이던 시간들이

하하하

내가 왜 이러는 거야

하하하

내가 왜 이러는지 모르겠어

어릴 적 내 친구

가을비 내리고
바람불어 속삭이며
웃으며 다가오는
날
보고 싶은 친구
그 친구가 있어 행복하였네
회촌(檜村)* 뒷산
숲속에서
상수리 도토리
같이
주으며
깔깔거리며 함께
웃던 친구
다시는
그
행복한
그
순간은 다시는
오지 않으리라

가을 석양이

아무리 아름다워도

가을 바람이

아무리 부드러워도

가을 단풍이

아무리 아름답게

물들었어도

그 시간은

다시

오지 않으리라

회촌* : 장지리〈전나무 골〉

어느 철학도

크리스마스 이브
상점마다 캐롤송이 울렸다
27살 겨울 어스름이 크리스마스를 알렸다
물론 교회 종소리가 울리고 있었다
그 겨울은 매서웠다
그러나 철학도는 배가 고팠다
낡은 반팔 와이셔츠 그리고 여름바지를 입고
슬리퍼를 끌고 있었다
명동으로 들어선 그는 다정한 연인들이
겨울 사랑을 나누며 걸어가는 모습을 본다
나에게도 저런 연인들처럼 따스했으면 좋겠다고
그는 생각했다
눈이 오면 지금도 그때 팔을 끼고 걸어가던
연인들 모습을 생각했다
지금은 흔하게 그런 다정한 연인들을 볼 수 있지만
그 철학도는 지금 강남에서 귀부인과 앉아
비싼 상어요리를 주문했다

사월의 봄

붉은 사월은
신들린 악령처럼
소름 돋히도록
희열과
전율의
꽃이어라

동심 우정

아
옛 친구가 그리워라
밭길 논길 걸어 쏘다니며
가을을 즐기며
즐거웠던 나의 친구
회촌 뒷산에서
서로 장난치며
도토리 줍던
나의 친구야
오늘은 성경 한 구절 읽고 이야기해 주렴
시간은 많이도 가 버렸어
오늘 지나간 시간은 오지 않겠지
나는 너를 초록색으로 물들일거야
친구가 좋아서
그렇게
우리는
아름다운 추억 저편이 있었는데
지금 가 있는 곳
하늘 저편에서

나를 보고 웃고 있겠지
그리운 나의 친구

아버지의 흔적

장사 지내고
아버지 나간 앞마당에
들썩거리던 마을 사람들은 돌아가고
어둠이 왔다
깊은 골짜기 같은 집 안팎은 적막강산이었다
아직 겨울은 가지 않았는데
황소바람이 마당을 쓸고 마당 앞에 머물다
지붕을 타고 날아갔다
무서움이 그리고 두려움이
아버지 마지막 발길인가
아니면 이별의 인사인가
제삿날이면
나는 한판 붙는다
왜 제삿날만 돌아오면 울화통이 터지는지
언젠가부터 아버지 말씀을 기억하며
싸우지 않았다

우울과 긍정

난 우울증 환자였다
폭력을 좋아하는 후안무치였다
우울이라는 것은 이러했다
물론 신경조직의 이상이 생각을 바꾸어 놓는
근본적 원인이야 있겠지만
생각이 빗나가기 시작한다
걷잡을 수 없이 우울한 생각에 몰두한다
모두가 너 때문이야
너 때문에 이렇게 되었어
너 때문에 망했어
너 때문에 기분이 나빠
너 때문에 될 것도 안돼
생각은 걷잡을 수 없이 변한다
알고 있니 너를 위해 모든 걸 해 주었는데 고마운 것도 모르고
사랑스럽던 다정다감하던 사이였는데 모든 게 무던한 성격이었는데
어느날 변해버렸다
돈 벌어와

돈 벌어와 눈은 핏발이 서 있고 말투와 행동은
삐덕삐덕하고 표정은 사나워진다
꼴도보기 싫어 나가 죽어
너 때문에 내 명에 못살겠어
싫어 싫어 싫어
모든 게 싫단 말이야
울고 싶어
죽고 싶단 말이야
이깟 세상 살면 뭐해 죽어 버릴꺼야
단, 우울증은 의사의 말에 따르면
병종이 백가지가 넘는 우울증이 있다고 한다
물론 그중에 하나인 내가 아는 우울의 시작은 이러했다
후안무치한 생각은 이러했다
너를 때려죽일 거야
때려서 죽여 버리고 말거야
너만 보면 주먹으로 면상을 후려갈기고 싶어
보통 사람들은 비위에 안 맞으면
한대 면상을 치고 싶어한다
그러나 일반적인 그 생각과는 다르다

발길로 복부를 걷어차고 싶어
내 비위를 건드리면 너 나 알지
(표정은 불구죽죽 해진다)
널 어떻게든 속이고 기만하여 널 망치고 싶어
널 농락하여 네가 가지고 있는 것을 모두 빼앗을 거야
저 여자는 간사한 여자야
저 여자는 잡부야
저 여자는 갑질만 해대는 욕심쟁이야
죽여 버려야 해
모두가 나의 적이야
이렇게 생각했던 화자는
세상 사람들은 네가 생각하는 것 같지 않아
얼마나 고마운 사람들이 많은데
얼마나 착한 사람들이 많은데
널 얼마나 칭찬하고 사랑하는데
넌 생각을 잘못하고 있는거야
긍정으로 생각을 바꾸어
바꿔 바꿔 바꿔 다 바꿔
그런 노래도 있지 않니

자연의 향기

아~~
아카시아 꽃 만발 하였던 뒷 동산
아카시아 꽃은 피었는가?
태어나 자란 그곳
산 언덕에서 꿈을 먹던 그곳
샛강에서 수영을 배웠고
별을 세는 여름 밤 인정을 배웠다

눈 내린 깊은 산
무릎까지 빠지던 겨울 눈을
모험 삼아 악동들과 산을 탔다
칡캐고 마캐고 산나물 뜯던 그곳에서
나는 컸다네
청정의 고향 그곳 그 옛날
바람은 달콤하였으며
구름은 오늘보다 희고 탐스러웠다.
산이 많은 그곳은 알 수 없는
열매가 주렁주렁 달려있던 고장이었다
앞 개울에서 물장구 치던

가롤 뜰을 가로질러 흐르던 냇물은
몸을 닦던 자연 그대로 였건만
이제는 이제는
전설을 만든
고향, 사람들만 사랑할 금빛나던 자연의 향기

뱁새눈깔

당신은 어째서 와이셔츠 단추구멍 같은 눈깔을 가졌나
어? 이 사람 눈이 어때서 잘 생기기만 했구먼
당신은 어째서 새우젓 눈깔이 되었나?
허? 이 사람 눈이 다이아몬드보다 예쁘구먼
친구들과 부자집으로 집들이를 가서였다
슬슬 친구들 뒤를 따라 응접실로 들어섰다
친구들은 음식이 마련된 방으로 들어갔다
당신은 거실에 누워 있는 잘 생긴 10살이나 되었을
남자아이에게 인사를 했다
- 안녕! 왜, 누워 있어?
그 소년은 누워서 버둥거리며 반갑다는 듯 웃었다
그 소년은 당신이 좋다며 웃으며 입을 열었다
= 뱁새눈깔 왔어!
= 히히, 뱁새눈깔 희희 뱁새눈깔
당신은 순간 섬뜩하다 못해 순간 실성을 했다
당황하여 당신은 그 소년의 눈을 똑바로 바라보았다
10년을 집에 누워있다는 친구의 아들이
- 누가 누가 너에게 그 말을 가르쳐주던?
어떨 결에 말을 물었다

= 저기 눈이 커다란 아저씨가
당신은 울면서 음식도 먹지 않고 집을 뛰쳐나왔다
그건 그건 죄야 커다란 죄
아이에게 그런 장난의 말을 가르쳐서는 안되는 거야
당신은 기억한다
잊지 않는다

제4부

아버지

아버지 1

아버지는 체구가 작은 분이었다
그래서 남들은 아버지를 호락호락하게 보았고
버릇없이 대하였다
그러면서 아들인 나에게 하신 말씀이 있다
주먹 쓰는 법을 절대로 배워서는 안된다고
아버지의 그 말씀이 없었다면 난
지금쯤 주먹으로 돌덩어리를 부셔버리고 깨부수고
박살내는
칼을 잡은 무사가 되어있으리라

아버지 2

아버지는 술을 좋아하셨다
너무 총명한 탓도 있었지만
마음속에 채우지 못한 욕망과 아픔이
술을 좋아했는지 모른다고 난 생각했다
그리고 시대가 그렇게 만들었다고
난
그렇게 확신했다
내가 살던 동네 그 시절의
그 노인들은
아버지만큼이나 술을 좋아하셨다고
그러면서 술 좋아하지 않던 아버지를 둔 아들들은
술 많이 드시던 어른들을 술태백이라고 비웃듯 말하지만
철없는 입놀림이라고
눈을 부라리고 바라본다

아버지 3

난
지금 생각하면
아버지에 대해 그렇게 깊이 생각해 보지 않았다
그냥 그러려니 하고
지내왔다
아버지이니깐
아버지는 늙었다는 것밖에
그러면서 간절히 한마디씩 나에게 하던 말씀은
잊지 않고 기억하고 있다
그것만이 유일하게 아버지가 돌아가시고도
아버지를 기억하는 유품이 되었다
그 말씀조차 기억하고 있지 못하고
마음판에 새기지 못했다면
생전에 불효했던 죄스러움이
나를 억장이 무너지는 슬픔에
젖게 했을 것이다

아버지 4

아버지는
늘 말씀 하셨다
배울 수 있는 것은 뭐든지 정성을 다해 배우라고
때로는 삽질도 배워야 하고
모심는 법도 배워야 하고
낫질하는 법도 배워두어야 하고
때로는 계집질도 배워야 한다고 했다
배울 수 있는 것은 무엇이든지 배우라고 가르쳤다
난
학문이 무엇인지 알아야겠다고
생각했고 평생 좌우명으로
공부를 해야겠다고 결심했다
무식에서 벗어나야 한다고 생각했다
학문을 시작했고
시작하고부터는 무엇인지 모를 천 갈래의
미궁에 빠지고
무수한 학문이 나를 미치게 했지만 난
알 수 있었다
아주 작은 지식을 그것은 깨달음이었다

나

자신을 통제할 줄 아는 깨달음

아버지 자신은 배움이 부족하여

세상에 나가지 못했지만

그래서 완고한 아버지가 되셨지만

난

여유가 뭔지 알았고 아버지를 대신해

아버지 사상과 감정을 헤아릴 줄 아는 아들이 되었다

아버지 5

난
생전의 아버지 모습을 많이 생각하는 편이다

한 여름 저녁에
들일을 끝내고 개울물에서
해가 지는 석양을 멋있다고 생각하면서
벌거벗고 땀을 씻어내던 모습이
다른 모습보다도 늘 눈앞을 따라 다닌다
술에 취한 모습은 별로 기억에 없다
술을 많이 즐기셨으면서도 호탕하게 웃는 모습과
아침 저녁 겸상하여 식사를 하던 모습
아버지의 반찬 투정을 하던 모습과 군에 있을 때
새벽에 쇠죽을 끓여 놓고 면회를 왔던 모습과
저녁이면 바깥출입을 금하고
유일한 유선방송이었던 스피커를 키고
건넌방에서 시간을 보내던 담담한 얼굴
그 많은 여러 모습이 떠오르지만
더
많은 것을 생각하면 우울해서 견딜 수 없다

아버지 6

아버지는 내가 알고 있는 한에서는 성격이 원만한 분이었다
술 한잔 드시면 말씀을 잘하시고 감정이 풍부한 분이었다
자기의 능력 안에서 돈을 벌려고 애쓰셨고
가족을 목숨을 바쳐 책임지려고 노력하셨고 실천하셨다
아버지를 아는 많은 사람들은
이렇게 말한다
아들인 넌
아버지를 따라가려면 어림도 없다고

아버지 7

나는 친구들 지인들 부모님 장례식에 꼭 문상을 간다
나는 어느 기업의 사장이다
그러나 난 절대로 빈소에 화환을 보내지 않는다
나의 아버지가 돌아가셨을 때
그 초라하고 쓸쓸했던 빈소가 생각나기 때문이다
누구하나 빈소에 화환을 보내준
지인들 친척들조차 없었고
쓸쓸한 흑백 영정만 놓여 있었던 기억이 늘
가슴 아프게 따라 다닌 까닭이기도 하다
그것이 그렇게 중요한 것은 아니지만
왠지 쓸쓸한 마음이 되기 때문이다
지금의 장례식은 조문객의 발길보다
화환을 나르는 꽃가게 배달부가 더 많이 눈에 띈다

아버지 8

효도라는 말이 나를 가슴 아프게 한다
친구의 아버지는 뇌졸증으로 병원에 누워 계신다
아들이 그 병수발을 들고 있는 중이다
대소변을 받아내고
얼굴과
몸
이곳저곳을 닦아주면서
때로는
손톱도 깎아주고
발톱도 깎아준다
땀을 닦아내고
그 친구도 땀을 흘리면 고생을 하는 모습을 보았다
난
그렇게 부모님에게 하지 못했기 때문에
나 자신에게 부끄럽다
그러면서 늘 효도라는 말에 마음이 약해진다

어머니

제5부

어머니 1

어머니는 늙어서 오산시장 한 켠에서
고구마
두릅
가지
오이 등을 바닥에 펼쳐놓고 장사를 하였다
그러나 어머니는 장사를 해서
돈을 벌려고 하는 것이 목적이 아니었다
말동무를 찾고
소일거리로 시장을 보러온 사람들 구경하는 것이
더 큰 재미였고 목적이었다
그 일을 몇 해 하자 말동무가 생기고
시장 보러온 손님들 얼굴을 익혔다
하루는 신리에서 장을 보러 매일같이
시장을 나오는 할머니가 유일한 말동무였는데 안보이자
그 동네 아주머니에게 소식을 물어보았다고 한다
그 할머니 며칠 전에 돌아가셨어요
라고 일러주더란다
어머니는 노전에 펼쳐놓은 물건을 챙겨 집으로 들어오셔서
방바닥에 엎드려 며칠을 시장에 가시지 않았다고 한다

어머니 2

어머니는 전라남도 영산포 사람이다
시집오기 전 어머님은
물레질을 잘 하는 처녀였다고 했다
그리고
늘 같이 붙어 다니던
동갑내기의 여자 친구가 있었다고 했다
어머니는 경기도 화성지방인 지금의 동네로
시집을 왔고 평생을 살았다
그 친구는 강원도로 시집갔다고 했다
그러나 서로 결혼을 하고부터는
평생을 만나지 못했는데
가끔씩 소식을 들었을 뿐이었다고 했다
어머니는 그 친구를 돌아가실 때까지
마음속에 간직한 채 잊지 않고 있었다
어머니는 귀가 밝고 기억력이 좋고 두뇌 회전이 빨라
똑똑하고 부지런한 분이라고 기억하는 사람이 많다

어머니 3

어머니는 장남인 아들에게 기술 중에서
운전을 가르치는 게 소원이었다
장남인 아들은 어머니 보기에 학문과는
거리가 먼 아들로 보았기 때문이다
그러나 그 아들은 운전을 평생 배우지 않았다
아들은 나이 들어 어머니 소원이던
운전기사의 길을 가지 않은 것을
후회할 때가 있었고
마음속에 늘 붙어 따라 다녔다
잘한 일인지 못한 일인지 알 수 없지만
회사 정년퇴직을 하고 할 일 없이 친구 만나러 나갈 때
영업용 택시를 탈 기회가 생기면
영업용 택시기사가 부러울 때가 많았다
지금에 와서 개인택시 기사가
되어보고 싶은 마음 간절하지만 말이다
그러나
난
평생 운전기술을 배우지 않을 것이라고
마음 속 깊은 곳에서 명령하고 있다

어머니 4

어머니는 농사일을 좋아 하셨다
즉
힘이 좋은 아버지보다 더 열심히 농사일에 매달렸고
평생을 들일에 매달렸다
어머님은 곡식이 자라는 신기함에
즐거움을 만끽했고 행복해 하셨다
부엌에서 살림하는 일보다 더
어머니는 수다스럽지도 않았으며
조용한 분도 아니었다
어머니는 한글을 깨치지 못하였다
어머니의 오로지 생각은 자녀들 양육과
교육에 대한 일념뿐이었다
비바람이 몰아치고 눈보라가 몰아쳐도
가족을 위한 헌신에
몸과 마음이 부서져라 혼신을 다하였다
어머니는 돌아가실 때쯤 되서야
교회 노인대학 교수가 적어준
가,
나,

다,

라

공책을 들여다보며 쓰고 떠듬떠듬 읽으며

한글을 깨쳐 보려고 틈만 나면 공부하였다

그러나 끝내

가,

나,

다,

라를

다 배우지 못하고 돌아가셨다

어머니 5

어머니는 겨울눈이 내린 어느 날 장독대로, 된장을 푸러 갔다가 옆자리에 피어있는 매화꽃을 보시고 '어머 매화꽃이 피었네'라고 환하게 웃는 얼굴로 신기하다는 듯한 표정을 짓는 것을 보았다 어머니가 매화꽃을 좋아하는지 그때 알았다

매화꽃만 보게 되면 그 모습이 생각나고 그리워진다

어머니 6

어머니는 평생 울지 않으셨다
울고 있는 어머니를 보지 못했으며
슬픔을 보여 줄 그런 나약한 어머니가 아니었다
그러나 큰 아들이 아플 때
작은 아들이 아팠을 때
어머니의 놀란 얼굴과 혼이 나간 모습이
어느 날 사진첩을 정리하다
사진 속에 그 모습이 찍혀있는 것을 보고
우리 자녀들은 가슴이 떨리는 소리를 들었으며
턱이 떨리는 무서움을 보았다
난
그때 꼭
성공하리라 마음속으로 부르짖었으며 절규하였다
그리고
칼을 갈기 시작했으며
오랜 시간 동안 칼을 갈았다
한번
손을 들어 찬란한
섬광이 그 짧은 시간에 하늘을 향해 빛을 뿌리고

벼락치는 소리를 들으려고
그것이 어머니를 위한 평생 나의 노래였다

어머니 7

어머니는 명예보다 돈을 많이 벌어 부자가 되는 것이
커다란 소원이었던 것 같았다
그러면서
'돈이 사람을 따라야지, 사람이 돈을 따라 다니면 안된다'고
말씀하시곤 했다
난
그 순리를 알게 됐고
그러면서도 늘 돈을 아끼라는 어머니의 부탁에
실천을 하지 못하는 아들이었다
난
어머니의 그 검소함과 알뜰함과 정신력에 무릎을 꿇었으며
패자였다
그래서 늘 어머니가 보기에 유약한 아들이었는지 모른다
어머니가 늘 하시던 말씀과
큰 아들에 대한 걱정이
아들을 유약하게 만들었는지 모른다고 생각했고
어머니의 그 철저하게 몸에 밴 검소함과 알뜰한 생활태도에
반기를 들고 있던 자신을 발견한다

어머니 8

나의 집안은 용인에서 알아주는 김씨 양반이었다
그러나 어머니는 양반을 무시했다
알고 보니 동학사상을 귀로 들어
철저하게 몸에 익힌 분이었다
아버지에게 출가하기 전 나주는 그 시대에 동학사상이
널리 존경받고 있었다고 했다
어린 어머니는 물레질을 하며
주위 사람들로부터 철저히
양반을 무시하는 비판론자 속에서 컸다고 했다
평생을 어머니는 벼슬한 할아버지에 대해 존경도
신뢰도 하지 않으셨다
어머님은 씨족들이 몰려 사는 일가패들에게도
허리를 굽힐 줄 몰랐다
어머님은 용자였다
남과 다투기 싫어 입을 다물었을 뿐
철저하게 자기주장 자기 소신을 갖고 사신 분이었다

어머니 9

어머니는 엿장사를 하신 적도 있다
겨울이면 가마솥에 엿을 과서
시장에 갔다 팔고는 했다
어머님의 젊었을 때의 일이었다
엿을 만들어 오산시장 골목길에 엿광주리를 놓고
사람들의 눈치를 보고
첫날은
아는 사람을 만나면 어쩌나 하고
가슴이 조마조마했다고 했다
그리고 두 번째는
팔다 남은 엿광주리를 쥐고 시골로 들어오는
버스 안에서 작은 누님 담임선생과 눈이 마주쳐서
부끄러워 멋적게 웃어버리고 말았다고 한다
겨울밤
나의 친구가 엿을 사러 집으로 오면
부끄러워 나는 뒤주 뒤에 숨고는 했다
그러나 엿장수는 오래가지 못하였다
별로
이문이 남지 않는 장사라 접고 말았다

그 엿장수하던 시절
엿을 새벽 늦게까지 만들던
그때 그 겨울밤이 아름다운 추억으로 남아있다

누님

누님은 1947년 12월생이다
장지리에서 태어났다
6남매 중 장녀로 태어났다
위로는 고모가 다섯 분 계셨고
삼촌이 두 분 계셨다
누님은 키가 작은 분이었다
그러나 자라면서 건강하여 병치레 한번 안하고
초등학교에 입학했다
첫날
입학식 날은 아버지 손을 잡고
20리가 거의 다되는 동탄국민학교에 갔다
어머님이 일찍 밥을 지었다
꾹꾹 눌러 고봉으로 떠준 막사발 그릇에
꽁보리밥을 먹었다
그래도 형편이 나은 집에서 실컷 먹는 아침식사였다
장지리에서 동탄 면사무소가 있는 오미까지
학교에 가려면 멀고도 멀었다
산을 넘을 때마다 아버지는 힘이 벅찬지
누님의 뒤를 따라오고 있었고

언덕을 내려가 논두렁 길을 걸어 갈 때는
아버지가 앞장을 서 걸었다
앞장서 걸어가는 아버지는
생각했다
딸이 키가 작고
남 보기에 연약해 보이긴 하지만
커서
나를 대신해 한몫 단단히 할 아이라고
생각했다고 한다
그 누님이 커서
아랫동생 5자매를 뒷바라지 했다

앞으로는 혼자 스스로
이렇게 몇 차례 산을 넘고 논두렁길을 지나야 한다
봄
여름
가을
겨울을
시퍼런 물이 철렁이는 저수지 뚝길과

장마철이면 개울에 붉은 물이 넘실대며
굉음을 지르며 흘러가는 개울도 스스로 혼자 건너야하고
눈보라가 몰아치는 겨울이면 짤록한 검정치마와
흰 저고리를 새끼로 동여매고
머리에 눈이 발목만큼 쌓여도 학교로 가야한다
키가 작은 누님은 누가 보기에도 안쓰럽고 불쌍했다
그러나 누님은 장지리에서 동탄초등학교를
하루도 빠짐없이 다녔다
누님은 말하고 있었다
학교 가는 길이 멀고 힘들어도
꿩이 산속에서 푸드득 하고 날아가면
'꿩이 날아가는구나'라고 노래했고
산속에서 토끼가
옆 눈을 흘겨보며 도망치는 것을 보면 산토끼? 산토끼?
하고 불러 봤다고 했다
개울을 건널 땐
송사리가 떼를 지어
헤엄을 치며 노는 것을 보고
징검다리 돌 위에 앉아 땀에 젖은 얼굴과 손을

씻었다고 했다
집에서 먹은 꽁보리밥이 학교에 거의 다 와가면
뱃속이 꺼진다고 했다
뱃속을 채우려고 동네 앞을 지나다
공동우물의 물을 길어 벌컥벌컥 들이키고,
학교로 뛰어갔다고 한다
푸른 하늘에 비행기가 날아가면
또 전쟁이 날려구 그러나 하며
무관심할 줄 아는 세상 이치를 배웠다고 했다
어릴 때 보았던 동네 할아버지는
이젠 모두 돌아가신지 오래 되어서
그 모습이 기억조차 없지만
어려웠던 그 생활 속에서
그 할아버지들에게서 인정과 사랑을 배웠다고 했다
그렇게 시골의 환경이 나를 여지껏
세상의 거짓에 흔들리지 않고 지혜를 짜내며
살도록 교훈을 준 고향의 생활이었다고 말했다
자신을 단단하고 흔들리지 않게 키워 준
유년기였다고 회상했다

발문

■ 발문

원석을 캐내는 즐거움

성 백 원 시인

김학성 시인이 시집을 낸다는 소식을 듣고 반가움과 동시에 의아스러운 마음도 있었다. 이미 『동탄의 덕수 이야기』라는 소설을 출간하여 많은 이들의 축하를 받았기 때문에 두 번째 소설책이 언제 나올지 궁금하던 차에 산문 시집을 발간한다고 하여 약간은 놀라운 생각이 들었다. 그럼에도 불구하고 각고의 노력 끝에 옥동자를 출산하는 기쁨에 동참하며 축하의 박수를 보낸다.

김학성 시인의 시를 읽으면 비밀의 문을 스스럼없이 활짝 열어 재치고 자신의 벌거벗은 몸을 드러내는 용기와 배짱을 느끼게 된다. 그야말로 뒷동산에 박힌 옹이의 다부진 맛과 같으면서 깊은 산속의 원석을 찾아내는 즐거움이기도 하다.

비록 유려한 문장은 아닐지라도 진실이라는 가장 큰 보석이 들어 있다는 점이다. 백세 시인으로 유명한 일본의 시바타 도요의 순진무구함을 연상케 한다. 일상의 평범한 이야기로 사람들의 심금을 울리는 능력은 진솔하다는 점에서 공통점을 찾을 수 있을 것이다. 누구나 숨기고 싶은 사생활의 영역을 가감 없이 드러내는 엉뚱한 용기가 때로는 부러움으로 다가서기도 한다. 좀 더 감추고 멋지게 꾸미고 싶은 욕망이 있을 법 하건만 김학성 시인은 두려움을 느끼지 못하는 전사의 모습으로 독자에게 다가선다.

자신의 어린 시절의 아픔이라던가 지금까지 살아오면서 겪은 안타까운 이야기를 미화 시키고 싶은 상식의 틀을 과감하게 깨트렸다는 점에서 큰 환호를 보내지 않을 수 없다.

김학성 시인의 글 한 편 한편은 새롭게 태어나는 꽃이 아니라 오래 묵혀둔 땅에서 돋아나는 묵은지의 맛을 느끼게 한다.

때로는 웃픈 몸짓으로 낯설음에 다가서기도 하고 어설픈 연기로 사람의 마음을 흔드는 매력을 간과할 수 없다. 천성적으로 시골의 땅 내음이 흠씬 배어 있는 문학적 토양은 애둘러 말하거나 곁가지를 허용하지 않음으로서 혹자에게 다소 오해를 불러일으킬지도 모르지만, 그것은 결코 김학성 시인의 진면목이 아니다. 따라서 이 글을 읽는 독자들은 스스로 답답했던 비밀창고를 활짝 열어놓고 가장 유연하고 편안한 자세로 그의 시편을 음미하기를 청한다. 잘못을 저지르고도 잘못인지 모르거나 모른 체 자신을 속이는 사람들이 넘쳐나는 세상이다. 다른 이들의 화려한 발견을 약탈하거나 도용하는 작가들이 왜 없겠는가?

스스로 낭만주의자인 척 하나 인색하기 그지없는 삶을 영유

하는 자들도 주변에 널려있다. 여기 그 삶의 간사한 틀을 벗어 던진 한 사람의 솔직한 고백을 통해 자신의 삶을 다시 한번 돌아 볼 수 있는 다시는 못 얻을 기회가 될 수도 있을 것이다.

2022년 01월